涙橋の夜

女だてら　麻布わけあり酒場4

目次

主な登場人物

小鈴《こすず》
麻布一本松坂にある居酒屋の新米女将《おかみ》。
前の女将おこうの娘で、十四歳のときに捨てられた。

星川勢七郎《ほしかわせいしちろう》
隠居した元同心。源蔵・日之助とともにおこうの死後、店を再建する。

源蔵《げんぞう》
〈月照堂《げっしょうどう》〉として瓦版《かわらばん》を出していたが、命を狙われ休業中。
星川の口利きで岡っ引きとなった。

日之助《ひのすけ》
蔵前の札差《ふださし》〈若松屋《わかまつや》〉を勘当された元若旦那。
「紅蜘蛛《べにくも》小僧」と呼ばれる盗人《ぬすっと》の顔を隠し持つ。

鳥居耀蔵《とりいようぞう》
本丸付きの目付《めつけ》。林洋三郎《はやしようさぶろう》として小鈴の店に通う。

大塩平八郎《おおしおへいはちろう》
幕府転覆を目指す集団の頭《かしら》。大坂で乱を起こしたが失敗した。

戸田吟斎《とだぎんさい》
小鈴の父。幕府を批判する書物を著した。

おこう
小鈴の母。多くの客に慕われていたが付け火で落命。

第一章　除夜の鐘

一

「さぞや女にもてると思っているのだろうな」

檻《おり》の向こうで、鳥居《とりい》耀蔵《ようぞう》は嫌な笑みを浮かべて言った。

「女に？」

戸田《とだ》吟斎《ぎんさい》は怪訝《けげん》そうな目で鳥居を見た。

「さよう。だから、女の気持ちなどはこれっぱかりも考えない。こんなことをしたら嫌われるなどと、恐れる気持ちもない。そなたのような男は、たいそうなきれいごとを言いながら、身近な女を足蹴《あしげ》にしたりするのだ。この国をどうにかしたいなどとぬかすなら、まず一人の女を幸せにしてみろというのさ」

静かな口調で言った。説教でも垂れているつもりなのか。

「誰のことを言っているのだ?」

と、吟斎は訊《き》いた。

それは妻であるおこうのことなのか。この男は、おこうのことを知っているのだろうか。

「…………」

答えない。この男の会話の特徴である。ふいに言葉が途切れる。考えているのか、それとも沈黙に意味があるのか。あるいはなにか効果を狙っているのか。

答えないで、鳥居は大きな目で吟斎をじいっと見つめてくる。

しばらくして、

「巴里《パリ》の女はきれいだったか?」

と、訊いた。今度はなごんだ口調だった。

「巴里の女など知らぬ」

戸田吟斎はそっぽを向いた。

巴里の女などと言ったのはまずかったかもしれない。巴里そのものを知らないと言わなければならなかったのか。

だが、鳥居はそれ以上、突っ込んではこない。一度、ニヤリと笑っただけである。

牢《ろう》にいる。

といって、奉行所や大番所の牢ではない。屋敷の離れにある。座敷牢というやつだろう。

話には聞いたことがあるが、こんなものが本当にあるとは思わなかった。家の中の牢。あるじや家族の心は、ささくれ立ったりしないのだろうか。

とはいえ、想像する小伝馬《こでんま》町の牢などよりはるかに立派である。土間の牢でなく、板の間の一角には布団を敷く二畳分の畳もある。火鉢はないが、隙間《すきま》風もなく、布団にくるまればまるで寒くはない。

「退屈したなら書き物でもすればよい」

と、筆も紙も置かれてある。

檻さえなければ、立派な書斎と言えるほどだった。

入れられたのは三月ほど前である。

長崎を出たときからすでにつけられていたのか、それとも大坂からか。江戸に来て、十日目の夜。深川の木賃宿にいたところを、岡っ引きに捕まえられた。

岡っ引きだったので、てっきり町奉行所に連行されるのかと思いきや、連れてこられたのはたぶん下谷あたり——上野の鐘の音が近くに聞こえる——の、この屋敷だった。

初めてここのあるじと会ったとき、

「本丸付き目付《めつけ》をしている鳥居耀蔵と申す」

と、名乗っていた。

本丸付き目付とはどんな役職なのか。目付だから、見張るようなことをするのか。吟斎は幕府の役職のことなどなにもわからない。武士の家柄だったが、自分は一介の町医者にすぎない——吟斎はそう思っている。

ただ、自分が捕縛される理由については、当然ながら自覚している。国禁を破っているのだ。そればかりか、直接にではないが幕府を批判する書物を執筆し、思いを同じくする者たちとも連絡を取り合ってきた。それらを一つずつ調べ上げられたら、斬首《ざんしゅ》獄門も一度や二度では済まないだろう。

しかし、この鳥居とやらは、なにか思惑があるらしくて、まだ突っ込んだことを訊いてこない。いろいろ調べてあるということを仄《ほの》めかすだけだった。

「事情が変わってきてな。ぜひ、そなたの協力が必要になってきた」

　と、鳥居は言った。

「協力？」

「さよう。海外の情勢はどの程度、わが国に伝わっているのか。そして、そういった事情を誰が知っているのか。そなたは、そっち方面については、たぶんいちばんよく知っていると思われるのでな」

「それは買い被《かぶ》りというものですな」

「いや、買い被りではない。そして、そなたの知識と人脈をぜひ、わが国のために役立ててもらおうと思ってな」

「役立てる？」

　本気で言っているのかと、戸田吟斎は驚いて鳥居を見つめた。

「そう。国のために、役に立ってもらいたい」

「ご期待に添えることはないと思います」

「ほう。拷問にも耐え抜けるというのか？」

「わたしは医者でしてな。自らの命を絶つすべなどいくらも知っています」

吟斎はそう言った。

嘘《うそ》ではない。素っ裸にされ、後ろ手に縛り上げられない限り、首をくることはできる。

捕まった時点で、おそらくそういうことになるだろうと、覚悟もしていた。

「逆もあるぞ。情にほだされることもあれば、理詰めで攻められ、考えを一転させることだってめずらしくない」

「それは相手次第ではないとは言えません。だが、おそらく鳥居さまのお考えとわたしのそれでは、まるで違ったものでしょうから、変わることはとても考えられません」

「いや、そんなことはない。戸田、人というのはあやふやな生きものでな、変わるのだ。変えられるのだ」

「それはないでしょう」

吟斎は鼻で笑った。

「わたしはいま、幕府に保管された膨大な取り調べの記録を当たっている。面白いのがいっぱい出てくる。悪党に白状を強いるのが目的だった尋問、キリシタンを改宗させた尋問もあった。それらを読むと、よくわかる。人は驚くほど変わるぞ。人というものの根幹はなんなのだと、空恐ろしくなるくらいだ」

そう言って、鳥居は自分で言ったことに怯《おび》えるような顔をした。

「信念を持つことです。鳥居さま、ご自分の意志の力を信じなさい」

と、吟斎は言った。

吟斎自身、信念を持ちつづけ、学問に励み、海彼《かいひ》のことに思いを馳《は》せ、ついには海をも越えて遠い国を旅してきた。その苦難の道のりは並み大抵ではなかったが、それをやり通せたのは意志の力というものだった。

「意志の力か」

鳥居は感嘆したように言った。

「そうです」

「たしかにそれは、人が大きなことを成し遂げる原動力にもなるであろう」

「はい」

「うまく持ちつづけられればな。だが、やはり、人の心はもろい」

「もろくはありません」

「では、言い方を変えよう。心にはひどく、もろいところがある」

「あ、それは」

たしかにあるかもしれない。

「まだ、信念など持ちようもない子どものころ。心には傷がついてしまう。この世がなにも苦労はなく、親はすべてひたすらやさしく、周囲はすべてその子のことを祝福し、戦うことなく衣食住が充《み》たされていくなら、心は傷つかずに済むのかもしれない。だが、この世がそんな甘いものであるわけがない。心はどうしたって傷ついてしまう。その心の傷が癒《い》えるのは難しく、歪《ゆが》みがはじまっていく」

「………………」

吟斎は耳を傾けた。

この男はひどく大事なことを、真摯《しんし》に語っているのではないか。

「その心の傷のところを揺さぶられると、人は弱い。大人になって、信念というものを持てるようになっていても、そこを攻められると人は悲しいかな、弱い。わたしもな、おそらくもとは素直でやさしい心の持ち主だった。それがほら、いろいろ辛《つら》い目に遭《あ》ったせいで、こんなに屈折し、歪んだ性格になってしまった」

鳥居耀蔵はひどく悲しげな顔をした。

「自分で言っていれば世話はないですな」

吟斎は思わず笑ってしまった。

「うむ。世話はない」

「しかも、すべて人のせいみたいな言い方ではありませんか」

「そうだな」

鳥居は考えている。

次はなにを言い出すのか。

だが、鳥居はふうっと大きく息を吐いて、

「まあ、ゆっくりやろう」

と、言った。

「…………」

吟斎にはもはやなにもできない。

この檻の中で、自分の信念を守りつづけるしかない。

「この先、楽しみだ。人は変わるというわたし。意志の力を信じるそなた。はたして、どちらが正しいのかのう」

本当に楽しみにしているらしい。子どもが川遊びに向かう途中のような顔をしている。この男はそんな表情のままに、嬉々《きき》として拷問の道具を並べたりするのだろうか。

「なにか足りないものはないか？」

鳥居は訊いた。

「人々のざわめき。笑い声。明日を語る言葉……」

吟斎がそう言うと、鳥居は苦笑した。

「なるほど。それは無理だ。寒かったら言ってくれ。檻の中には入れられないが、外に火鉢を置く」

「いえ、大丈夫です」

「飯に不満はないか？」

「ありません」

うまい飯が出る。おかずは二品、温かい汁もつく。さらに、一日に一度、湯が入った盥《たらい》も持ってくる。それで顔と身体《からだ》を拭《ふ》くことができる。下手《へた》したら、外にいるよりも恵まれているかもしれない。

「うむ。外はもうじき正月だよ」

「ああ、そうでしたか」

日付をかぞえることさえ怠っていた。敗北は怠惰から始まるのかもしれない。せめて今日から日付をかぞえよう。足踏みをし、身体も動かそう。

小さな明かり取りから外を見た。

ここは庭の北側にある離れであることはわかっている。南側の板戸はすべて閉められ、一度も開けられたことはない。この明かり取りから陽《ひ》が差し込むのは、だいぶ西に傾いた一時だけである。

いま見えているのは黄昏《たそがれ》どきの庭の一部である。よく手入れされている庭で、土塀の手前には、サザンカやサカキが植えられ、サザンカが赤い、ツバキに似た花を咲かせつつあった。小さな枠に縁取られた庭の夕景は、西洋の油絵のように美しかった。

「なんだか慌ただしくて嫌になる」

「………」

こっちはすることもなく、暇である。

「一年など早いものよのう」

鳥居耀蔵はしみじみとした口調で言った。

そんな話をするときは、この男はひどく話のわかるいい人間で、ずっと昔からの友だちであるような気がしてくるのだった。

二

「小鈴《こすず》ちゃん。大晦日《おおみそか》はどうするの?」

と、常連客の留五郎《とめごろう》が訊《たず》ねると、周囲にいた客もいっせいに小鈴を見た。

坂の町、麻布。

一本松坂を登り、頂上よりはすこし手前にある飲み屋である。

十月(旧暦)に火事で焼けたが、常連客だった星川勢七郎《ほしかわせいしちろう》、源蔵《げんぞう》、日之助《ひのすけ》の三人が金を出し合って再建した。女将《おかみ》のおこうは火事で亡くなったが、娘の小鈴が二代目の女将としてあとを継ごうとしている。

「もちろん開けますよ」

と、その小鈴が微笑《ほほえ》んだ。

「よし。居場所ができたな」

留五郎がそう言うと、周囲の何人かもうなずいた。大晦日の居場所がない独り者というのはけっこう大勢いるらしい。

「となると、年越しそばも準備したいですね」

小鈴は振り向いて、鍋をつくっている日之助に言った。このところ、日之助が調理場に立つのが多くなっている。ちょっと変わった注文は小鈴がこなし、品書きにある定番のものは日之助がつくるというのが、ここでの役割分担になってきた。

「そうだよな。いまからそば屋に頼んでおこうか」

すると、剣の稽古《けいこ》に出かけようとしていた星川が足を止め、

「小鈴ちゃん。そばならおいらが打ってやるよ」

と、言った。

「え、星川さん、そばを打てるんですか」

「昔、大物の盗人《ぬすっと》が押し込みに入るのを見張るのに、真ん前のそば屋を借りたこと

があってな。そのとき、見張りの合い間に亭主にそば打ちを習ったのさ。見張りがふた月くらいつづいたんだが、最後の半月ほどはおいらの打ったそばを客に食べさせていたぜ」

「へえ」

「歳《とし》を取ると、皆、意外なことが二つ、三つくらいはできるようになってるのさ」

「じゃあ、源蔵さんもなんかあるのかしらね」

と、常連客で湯屋の若女将であるお九《きゅう》が言った。

元瓦版屋《かわらばんや》の源蔵は、星川の勧めもあって、いまは岡っ引きをしている。内心、忸《じく》怩《じ》たる気持ちもあったらしいが、なったらなったで熱心に町を見回っている。小鈴にはふざけてばかりいるように見えるが、やはり生真面目《きまじめ》な男なのだろう。

「源蔵はあるさ。あ、そうそう、あいつはけんか凧《だこ》の名人なんだ」

「それはわかるね。だって、源蔵さんて絶対、ガキ大将だったはずだもの」

と、お九が笑った。

「日之さんは？」

小鈴が訊いた。

「わたしはなにもないですよ」

「そうかなあ」

「薄っぺらな人生だなと、よく思うんだよ」

　真面目な顔で言った。

「日之さんは虫を育てるのがうまいのさ」

　と、星川が言った。

「へえ、虫を?」

「気をつけたほうがいいぜ、小鈴ちゃん。うっかりすると、そこらに置いてある甕《かめ》で、コオロギだのスズムシだのを育てていたりするから」

「やだぁ」

「やってないよ、いまは」

　と、日之助は笑って、

「そういえば、勘当になったとき、コオロギを育てて売ろうかなんて思ったこともあったっけ」

「日之さんは奥行きのある人だって、おこうさんが言ってたくらいだから、ほかにもまだあるかもしれねえぜ」

星川はそう言って、外に出ていった。

「じゃあ、星川さんの打つそばを食べ、除夜の鐘を聞き、ゆっくりお酒を飲んで、身をきれいにして、新年を迎えましょう」

と、小鈴が常連の客たちを見回して言った。

「おいらはかならず来るから、この席を取っといてくれよ、小鈴ちゃん」

常連の一人、庭師の佐吉《さきち》が言った。

「それは約束できないよ。早くから来たお客さんがかわいそうだもの」

「除夜の鐘、楽しみだなあ」

こっちもやはり常連の、提灯屋《ちょうちんや》の団七《だんしち》が言った。

「それはそうと、小鈴ちゃん。あの人、誰だっけ?」

と、留五郎が小声で言った。

「どの人?」

「ほら、あれ」

と、袖《そで》で隠しながら指を差した。

「さあ、あたしは知らないよ」

「よく見るんだけどなあ」

四半刻《しはんとき》（およそ三十分）ほど前に入ってきた客である。

連れはなく、隅に座って、ひっそりと飲んでいる。

四十ちょっと前くらいの総髪の男。刀は差していない。手習いの先生でもしてい
る浪人者か、あるいは学者か医者といったところか。

目が合ったら手を上げた。

小鈴は前掛けで手を拭きながら近づいて、

「なにか？」

と、訊いた。

「豆腐の料理は湯豆腐だけ？」

「いいえ、いろいろありますが」

なにせ『豆腐百珍』という本があるくらい、豆腐はさまざまな料理の材料になる。

小鈴はそれをぜんぶ覚えているわけではないが、すぐにできるものでも、四つ、五
つはあるはずである。

「ええっと、石焼豆腐、あられ豆腐、田楽……」

「いいね。それ三つともつくってくれよ」

「よっぽど豆腐が好きなんですね」

「まあね」

あまり話したそうではない。うっちゃっといてくれと、身体全体がそう言っている。

そういう客もいる。静かに一人で飲みたい。それなら、家で一人で飲んでいろなどと言ってはいけない。楽しくわいわいやっているのを見ながら、一人静かに飲みたい客もいる。酒の飲み方はほんとに人それぞれだと、小鈴はここに来てつくづく思った。

隣の縁台を片づけながら、小鈴は男のようすを見た。

軽く目をつむり、手刀を斬《き》るような恰好《かっこう》をする。

なにかつぶやいているらしいので、耳を澄ますと、

「煩悩だ、煩悩だ」

と、言っていた。

源蔵がもどってきたのは、だいぶ夜も更けて、客が一回転したころだった。

客に遠慮して、ふだんは十手《じって》を腹の中に隠している。楽しく飲むところなのだから、物騒な話もできるだけしないようにしている。

ただ、これは客に用心させる意味もあってだろう、今宵《こよい》は店に入ってくるとすぐに、

「人が斬られた」

と、大きな声で言った。

七、八人ほどいた客もいっせいに源蔵を見た。

「どこで？」

小鈴が訊いた。

「一ノ橋の近くだ」

この一本松坂を下り切って、ちょっと迂回《うかい》したあたり。新堀川がほぼ直角に曲がるところに架かり、ここから上流に二ノ橋、三ノ橋、四ノ橋まである。

「亡くなったの？」

「傷の一つずつはたいしたことないが、何度も斬られたんでな。だいぶ血が流れた。たぶん駄目だろうな」

「まあ」

と、小鈴は眉をひそめた。

「こっちの坂を登って逃げたっていう証言も出てきたんで、いま、ずっと上まで探し回ってきたんだがな」

「そうだったの」

「まさか、ここに入ってきたりしてねえよな」

と、源蔵は中を見回した。

「おいおい、やめてくれよ」

常連の、愚痴が多くて皆にうんざりされている宇乃吉《うのきち》が、顔をしかめた。

客同士、互いに見つめ合うが、知った顔ばかりである。

「星川さんは？」

と、源蔵が訊いた。

「剣の稽古からいったんもどったけど、すぐに湯屋に行っちゃいました。お客さんの顔はあまり見ていないと思います」

「そうか」

元同心の星川がいたら、怪しい男は見逃していないはずである。だが、来てすぐにいなくなったのなら、気づかないのもあり得る。

「どんな人だったの？」

小鈴が訊いた。

「斬られたのはまだ口がきけねえんだ。見ていたやつも、暗かったんで、侍か町人かもわからなかったらしい。半刻（およそ一時間）ほど前でな。まあ、ああいうことをしたあとだもの、平静ではいられねえはずだが」

「喧嘩《けんか》？」

「ああ、酒が入っていて、口喧嘩が高じたらしい」

「ねえ、小鈴ちゃん。あの人、怪しかったよね」

と、まだ帰らずにいたお九が言った。お九は湯屋の若女将というだけでなく、経営のことでも実権を握っていて、夜、いなくなるくらいのことでは文句を言わせないらしい。

「ほら、留五郎さんが見たことあるって言ってた人」

「誰のこと？」

「ああ、あの人ね」

　小鈴はとぼけようとした。

「こんなことしてたじゃないの」

　と、お九が手真似《てまね》をした。

「なんだ、それ？」

　源蔵が関心を示した。

「だから、こんなことだよ」

「手刀じゃねえか。短刀でメッタ斬りにしたんだぜ」

「じゃあ、それかも」

「どこの野郎だ？」

「あたしは知らない。でも、留五郎さんは見たことがあるって言ってたから、近所の人なんじゃないの？」

　すると、小鈴が、

「違うよ、お九さん。あれは短刀で斬る恰好とはまるで違うよ。なにか、調子を取っているみたいな感じだったよ」

きっぱりと言った。

だが、源蔵は疑いを抱いてしまったらしく、

「いや、それはわからねえな」

しぶとそうな、粘りっけのある口調で言った。

小鈴もひかない。

「源蔵さん。うちのお客さんをたいして根拠もないのに疑うのって、あたしは嫌なんですけど」

小鈴の言葉に源蔵は、

「ほう」

と、目を瞠《みは》るようにして、

「野郎はまだ、このあたりにいるかもしれねえ。帰るときは、気をつけてくれ。人けの多いところを、できるだけ連れだってな。お九はおれが送る。まだ気が立っているだろうから、出くわすことがあったら、刺激したりしないで、すぐに近くの番

屋に駆け込んでくれ。いいな」

早口で、店の客を見回しながら言った。

三

翌日——。

日之助は芝の金杉橋のたもとにやって来た。

年末でここいらにも気ぜわしい感じが漂っている。道端には縁起物を売る小さな出店が並び、大店《おおだな》のほうでは景気づけのためか、店頭で餅《もち》つきをしているところもあった。

周囲を見回した。

——まだ来ていないようだ……。

吉原の姉《し》妹楼《まいろう》のお染《そめ》から、店のほうに書状が届いていた。

どうしてここを知っているのかと驚いたが、町飛脚はその書状を若松屋《わかまつや》の別宅に持ってきたのだ。それを、日之助がここで働いているのを知っていた下働きの気のいい爺《じい》さんが、夜遅くに届けてくれた。

内容はかんたんなものだった。

「明日の昼に金杉橋に来てくれ」

と、書いてあった。

金杉橋でとはどういうことだろう？

吉原の花魁《おいらん》は外には出られない。火事でもあったのか。それとも、病気で放逐されたりしたのか。

——まさか……。

真似をされると困るので、公にはされていないが、あの手この手で吉原を脱出した花魁もいないわけではないらしい。お染も耐え切れずに、大門《おおもん》を抜け出たのかもしれない。

かくまってくれと言われたら無下にはできないし、とするとヤクザ者のような連中を相手にする羽目になるだろう。

——ま、そのときは知恵をしぼるしかないわな。

そう思ったとき、

「日之さん」

後ろから声がかかった。

振り向くと、嬉《うれ》しそうに微笑んでいるお染がいた。

「よう、お染」

「驚いたかい？」

「ああ。元気そうじゃないか？」

世辞ではない。

吉原にいるときよりずいぶん薄化粧である。

そのほうが肌はきれいに見えるし、若々しい。ちょっとひねくれた表情に見えたりしていたのは、いまは逆に賢そうに感じられる。

「そうかい？　この五日ほどはゆっくり休めたからかね」

「こんなところで立ち話もなんだ。そこらの店に入ろうぜ」

と、日之助は橋のたもとにあった甘味屋にお染を連れていった。

壁の品書きを見て、お染は、

「お汁粉をいただくよ」

「うん。おれもそれ」

「安いんだね、こっちは」

値段を見てびっくりしたらしい。

「そりゃあ吉原と比べたら安いさ。あそこはなにからなにまで特別料金だからな」

「そうなんだねえ」

「どうしたんだ？　まだ年季は残っているだろう？」

吉原も商家の小僧や職人の弟子といっしょで、十年の年季になっている。十五、六で入り、二十五、六で外に出られる。だが、中にいるうちに病気になって、年季を迎えられずに亡くなってしまう花魁は多い。

吉原がまるで男たちの極楽のように言う男もいるが、日之助はむしろ、女たちの切なさが身に沁《し》み、無邪気に遊んだことなど、一度もなかった気がする。

「それが、身請けしてくれた旦那が、半月後に急死しちまったんだよ」

「へえ」

それは思いもよらなかったことである。

「あたしが殺したわけじゃないよ」

「わかってるよ」

「自分の店にいたとき、急に倒れたんだよ」

「そうなのか」

「いい人だったんだけどね。妾宅《しょうたく》まで用意してくれたのに。もっとも、亡くなったからそう思うのかもしれないね」

「じゃあ、住むところもあるんだな」

正妻や店にも内緒だったら、家や家財道具などもぜんぶお染のものになるだろう。

「ありがたいことに、路頭に迷う心配はなくなったのさ」

「どうするんだ、これから？」

「それなのさ。もし、日之さんが迷惑じゃなかったら、相談に乗ってもらおうかと思ったのさ」

と、お染は遠慮がちに言った。

「そんなこと、迷惑でもなんでもねえ。頼ってくれて嬉しいよ。おれにできることがあったら、なんでもやってあげるぜ」

面倒なことはなさそうで、日之助はむしろ、ホッとしていたのだった。

「天ぷらを揚げてもらおうかな」

と、昨日も来た手刀の客が早々とやって来て、言った。酒の肴《さかな》の注文である。

「なにを揚げましょうか？」

「かぼちゃと、にんじん、葉ものはなにかあるかい？」

「春菊が」

「いいね。それと湯豆腐に漬物も」

「わかりました」

こんなに豆腐が好きな人もそうはいない。

客は最初の茶碗酒を一息に飲み干し、すぐに次の一本を、

「ぬるめの燗《かん》でな」

と、頼んだ。

小鈴は客のようすをそっと観察する。

昨日は源蔵に、うちの客に疑いをかけたくないなんて言ったけれど、どんな怪しい客だろうと客なら誰でもかばうというつもりはない。それではほかの客の迷惑に

もなってしまう。

怪しむに足ることがあれば、源蔵にちゃんと調べてもらわなければならない。

そこへ、庭師の佐吉が仲間一人とともに入ってきた。その仲間のほうが、

「犬、どけ」

と、店の犬を蹴《け》ろうとした。ももという名で、おとなしく、いるのも忘れられているくらいである。番犬としては頼りないが、おこうは可愛がっていて、近所に行くときもかならず連れて歩いたらしい。

小鈴も咄嗟《とっさ》に「やめて」と注意しようとした。

すると、手刀の客が、

「あ、これ。犬を蹴るのはよくないな」

と、言った。

「なあに、たかが犬畜生だ。人を蹴るわけじゃねえ」

「だが、その犬は、あんたかもしれぬのだぞ」

「おれ？」

と、佐吉の仲間は笑った。

「さよう」

手刀の客は真面目な顔でうなずいた。

「おれが犬？　じゃあ、ここにいるおれはなんなんだよ？」

「そこにいるあんたはあんただが、この地上に生まれた命と思えば、その犬もあんたもいっしょだろ？　いいか、水面にさざ波が立つよな」

手刀の客は、両方の指をさざ波のようにひらひらさせて見せた。

「立つよ」

「その波の一つが、これはおれだと思う。だが、すぐにさざ波はほかの波とまじわって、無くなってしまう。すると、さっきのさざ波は、隣にいたさざ波といっしょということになる」

聞き取りやすい、落ち着いた口調である。ときどき声が大きくなったりするのは、聞かせどころに差しかかったからなのだろう。落語家とか寄席に出るような人かもしれないと、小鈴は思った。

「ふむ」

「人の命も水面に立ったさざ波といっしょで、この世に生まれた命ではあるが、じつは同じときにこの世に生まれた犬といっしょなのかもしれない」

「へえ。そんなふうに考えられたら、そうだな」

佐吉の仲間は素直な性格らしく、感心したように言った。

「蹴れば、犬だって痛い。同じときに生まれた者同士だ。なにもわざわざ痛い思いをさせる必要はないだろうさ」

「たしかにそうかもしれねえ。人を一瞬のさざ波に喩《たと》えるなんて、あんたも面白い人だわな」

結局、納得させられたらしい。それどころか、尊敬したような目つきまでしている。

手刀の客は、ずいぶん説教が上手だった。


源蔵は朝から斬りつけ騒ぎの調べをつづけている。

近くの金創医《きんそうい》のところに運ばれていた男は、どうやら命を取りとめられそうだという。傷は多かったが、いずれも表面だけだったのが幸いしたらしい。

さっき顔を出すと、途切れ途切れだが、下手人《げしゅにん》についても話してくれた。二人とも板前をしていて、もともと知り合いだった。酒を飲んで、いろいろ説教をしているうちに、怒り出したらしい。武器は短刀ではなく、買ったばかりの包丁だった。名は和助《わすけ》といい、小肥《こぶと》りの体型をしているとのことだった。

それにしても、麻布の町の岡っ引きは容易ではない。坂道だらけで、なにか訊いて回るようなことができると、一日中、坂を下りたり登ったりしていなければならない。雪駄《せった》などはすぐに買い替えなければならないし、この半月で足もずいぶん引き締まった気がする。

一本松坂に来た。

ここも急な坂である。

この坂をいっきに一本松のところまで逃げるのは大変である。年寄りや、身体を鍛えていない男にはまず無理だろう。

坂の途中にあるそば屋に顔を出し、

「昨日なんだがな、暮れ六つ（午後六時ごろ）からすこし経《た》ったころに、ここを上に走って逃げるようなやつは見なかったかい？」

あるじだけでなく、客の皆に聞こえるような、大きな声で訊いた。

「あ」

客の一人が、そばを咥《くわ》えたまま顔を上げた。

「どうした?」

「いたよ」

「どんな野郎だった?」

「暗かったからね。顔はさっぱりわからなかったよ。でも、はあはあ言いながら、ここを登っていった男はいたよ。おれがこの店ののれんをくぐろうってときに、後ろを走っていったんだ。坂道を走るやつに賢いやつはいないっていうのが、おれの人生訓だから、頭に残ったのさ」

「そりゃあたいした人生訓だ」

源蔵は皮肉な笑みを浮かべて言った。

「でも、ほんとなんだぜ」

「あんたの人生訓はともかく、そいつは小肥りの身体つきじゃなかったかい?」

「あ、たしかに丸っちかったな」

やはり、いたのだ。見た者はこれで四人目である。

下手人はこの坂を登って逃げた。ところが、一本松坂から向こうへは行った気配がまったくない。

ということは、自分たちの店に入ったという可能性は否定できない。

源蔵は、十手を腹の中に隠し、店に入った。

「お疲れさま」

小鈴がすぐに明るく声をかけてくれる。

一瞬、おや？　と思う。三月ほど前にもどったように錯覚してしまう。言い方が、亡くなったおこうにそっくりだからである。たぶん、小鈴が子どものころから聞いていた声音だからだろう。

「まったく年末だというのに、余計な騒ぎを巻き起こしやがって。小鈴ちゃん。なにか晩飯をつくってもらえねえか。あ、油がかかってるなら、天ぷらがいいか。魚を二切れ分ほど、適当に揚げておくれ」

「はいはい」

小鈴はうなずいて、イカとアジをさばき、油の鍋に放り込んだ。じつに手早い。料理に関しては、もしかしたらおこうより小鈴のほうが上かもしれない。それは、三人の共通した感想だった。

おこうもうまかった。だが、小鈴のほうが手早い。しかも、思いがけない発想で新しい料理をつくったりすることもできる。

客のほうも、小鈴の料理の腕に満足しているはずだった。

だが、女将としては……。

それはまだまだ、おこうの足元にも及ばない。

そのことは星川も日之助も口に出してはいないが、絶対に心の中で思っていることだった。

どんなところでおこうの足元にも及ばないのか。それをひとことで言うのは難しい。

だが、あのなんとも言えないやさしさ。客商売のつくりものではない、おこうの魂から自然にあふれ出すおおらかさ。あの雰囲気に魅了されてしまった者は、いかに小鈴が血を引いた娘とはいえ、物足りない気持ちを感じてしまうのではないか。

それはたぶん、歳の功というものではない。天分とか才能とか言えるもの。努力では絶対にたどりつけないもの。

だから、それについて小鈴に言うのは残酷だろう。星川も日之助も、おそらくそう思っているに違いなかった。

ただ、昨夜、小鈴が、

「源蔵さん。うちのお客さんをたいして根拠もないのに疑うのって、あたしは嫌なんですけど」

そう言ったとき、源蔵はハッとしたのだった。それはいかにもおこうが言いそうな台詞《せりふ》だった。うちの客。疑うのは嫌。じっさい、そんなようなことは言っていたのではないか。それが、客になんとも言えない居心地のよさを感じさせたのではないだろうか。

「ねえ、源蔵さん。なんか、新しい話は出たの？」

小鈴が天ぷらをひっくり返しながら訊いた。

「ああ、出たよ。どうも、斬られたほうは板前の先輩で、後輩の下手人にいろいろ説教をするうちに、商売用に買ったばかりの包丁で斬られたのさ。先輩は、煩悩を捨てなきゃ、駄目だと言ったらしい。すると、和助という下手人のほうは、うるせえ、説教は聞きたくねえと、怒り出したんだそうだ」

「煩悩を……」

お九があっという顔をした。

「煩悩？　そういえば、あの人も煩悩がどうしたとか言ってたな」

と、庭師の佐吉も小声で言った。

「どいつだ？」

「そこに座っている人……あれ、厠《かわや》にでも行ったかな。手をずっとこんなことして。まるで人を斬るみたいにしてるよ」

「小鈴ちゃん」

と、源蔵は小鈴を見た。昨夜、その男をかばうようにしたことを咎《とが》める視線になった。

だが、小鈴は笑って言った。

「ちがうよ、源蔵さん。あの人はおそらくお坊さんなんだよ」

四

小鈴は、男がもどってくる前に言ってしまおうと、早口で言った。

「だって、酒の肴に、魚はいっさい食べないんだよ。精進料理みたいなものだけ。それで、さっき佐吉さんの仲間にしてたんだけど、説教が凄《すご》くうまいんだよ。あんな説教、素人《しろうと》にはできないよ」

「そうかもな」

説教された当人がうなずいた。

「それであたし、さっき頭を注意して見たんだ。あれ、絶対にカツラだよ。生え際のところがやけにくっきりしていたし、うなじのところに変な隙間ができて、ゆるゆるになっていたんだもの」

「隙間がな」

「ちょっと気持ち悪かった」

「小鈴ちゃんは、よく見てるよなあ」

と、源蔵は感心した。

「そう考えたら、お坊さんしかいないでしょ？」

小鈴は皆を見回して訊いた。

「ほんとだな」

「あ、来た、来た」

その客が戸を開けてもどってきたとき、外を強い風が横切った。着物が洗濯物みたいになびいた。

「あ」

客は慌てて、着物ではなく頭を押さえた。

だが、間に合わなかった。カツラが風で飛ばされた。

客の頭が急に、磨いた柿のように光った。剃《そ》った頭が現われた。

客は慌ててカツラを取りに走った。

「ほらね、源蔵さん」

小鈴は嬉しそうに手を叩《たた》いた。

「ほんとだな」

「板前じゃないから下手人でもないでしょ?」

「まったくだ。また小鈴ちゃんに、一足先に謎《なぞ》を解かれちまったよ」

源蔵は自慢にはならないだろうに、嬉しそうに笑った。

「あ、思い出した。源蔵さん、あの人、玄台寺《げんだいじ》の和尚《おしよう》さんだよ」

と、お九が言った。

「え、玄台寺の?」

店のすぐ裏手の大きな寺である。ただ、入口が細い道をずっと奥のほうに入ったところにあり、この寺に用事でもない限りそこへは行かないし、住職と顔を合わせることなどもない。

宗旨はたしか曹洞宗ではなかったか。とすると禅宗で、酒にはとくに厳しかったはずである。

男は頭に手を当てながらもどってきた。なに食わぬ顔で、自分の席にもどろうとする。

すると源蔵が、横を通り過ぎようとしたその男に、

「よっ、和尚。いいのかい、酒なんか飲みに来てたりして」

「えっ」

ぎょっとした顔をした。

「いやあ、見破られてしまったか」

と、顔をしかめ、

「玄台寺の瑞川《ずいせん》と申します」

丁寧に頭を下げた。近所の飲み屋に酒を飲みに来るような生臭《なまぐさ》坊主のくせに、そんなようすは、なんとなく憎めない感じがする。

「どうにも鬱々《うつうつ》とした気分がつづいてな、つい心の疲れに般若湯《はんにゃとう》を入れてあげようと思った次第だった」

「心の疲れ？」

と、小鈴が訊いた。

「そう、このあたりは寺だらけであろう。だから、あちこちで除夜の鐘を鳴らすとうるさすぎる。それで、各寺が相談し、十年ほど前から、持ち回りにして、クジ引きにしたのさ」

「持ち回りなんですか！」

一年の終わりを飾るおごそかな儀式を、そんな適当なことで決めていたとは知らなかった。

「寺の格も関係なしにですか？」

お寺さんも序列では侍並みにうるさいと聞いたことがある。

「宗派も別々だし、それを言い出したらきりがなくなるのさ。それで、そのクジをわしが引いてしまったんだよ」

「凄い幸運じゃないですか」

「馬鹿な」

「どうして、馬鹿ななんです？」

「わしはなんというのかひどくそういったことが苦手でな。小坊主のころから、お前が叩く木魚は調子外れだって怒られた」

「へえ」

「葬式のときにわしが木魚を叩くと、和尚のお経の調子がおかしくなったり、列席した者からくすくす笑いがわき起こったりして、葬式の雰囲気をぶちこわした」

「それは、それは」

「しかも、除夜の鐘といえば、麻布一帯の人たちが皆、聞くものだ」

「ええ。それはやはり、感慨深い、特別なものだと思いますよ」

と、小鈴は言った。

「だろう？」

「でも、単に鐘を撞《つ》くだけでしょ。ちょっとくらい間伸びしたって誰もわかりませんよ。硬くならず、適当に撞けばいいじゃないですか」

お九が慰めるように言った。

「それがそうではないのさ。除夜の鐘には決まりごとがあってな。旧年のうちに百七つまで打ち、新しい年になってから一つ打つ。だが、きちんと規則正しく打っていかないと、旧年のうちに百七つが打ち終わらなかったり、あるいは百七つを打ってから新年まで、やたらと間が空いてしまったりする」

「そりゃあ間抜けですね」

「そうなってくると、この麻布界隈《かいわい》の大晦日の風情が、わしの腕一本にかかっていると言って過言ではない」

「過言のような気もするけど」

と、小鈴は言った。

「そんなクジに当たるなんて、わしは不運な僧侶《そうりょ》だ」

「運がいいと思う人もいるのにね」

「これが飲まずにいられるか」

そう言って、瑞川和尚は茶碗酒をいかにもうまそうに、ぐっとあおった。なんだか、悩みとは別に、酒が好きなだけのようにも見える。

「ねえ、いい方法がありますよ」

と、お九が言った。

「なんじゃ？」

「ここは、芝の増上寺の鐘が聞こえますよ。あそこが撞いたら、そのあとすぐに撞けばいいじゃないですか」

「ところがわしは子どものとき海で溺《おぼ》れたことがあってな。そのとき海の水がたっぷり耳の中に入り、以来、ちっと耳が遠くなったのじゃ。だから、増上寺の鐘は聞こえない。その手も駄目なんだよ」

「そうですか」

お九ががっかりすると、その替わりというように、

「線香を利用するってえのはどうです？　寺ですからいっぱいあるでしょ」

と、佐吉が言った。

「ああ、それな。暮れ六つから始めて、日が変わるまで何本無くなるか、やってみたよ」

「それなら大丈夫でしょう?」

「ところが、線香なんて、いい加減なものでな。風の流れなんかでもずいぶん燃え尽きるのに違いがある。一度目に数えたときと八本も違った。駄目だ。線香は当てにならないよ」

「そういうもんですか」

佐吉は腕を組んだ。

「自分で数をかぞえる方法も考えたんだ。一定の調子で、三十までかぞえたあとで撞く。これを繰り返していくわけさ。それを昨日、今日と稽古していた。こうやってな」

瑞川和尚は例のしぐさをした。

「それが手刀を斬っているように見えたんですね」

と、お九が言った。

「だが、この方法も駄目だ。すぐに数をかぞえ間違えたりして、わけがわからなくなってしまう」

「そういうものかもしれませんね」

お九も腕組みして考え込んだ。

「みんな、どうやってきたんですか？　いままで担当してきたお寺に訊けばいいじゃないですか？」

と、小鈴が言った。

「教えぬのさ。それぞれ宗派が違うので、敵愾心《てきがいしん》があるのさ」

「みみっちいなあ。それでもお坊さんですか」

お九が呆《あき》れた声を上げ、

「そうですよ。お坊さん同士も同じさざ波じゃないんですか？」

と、小鈴も瑞川をなじった。

瑞川は急におろおろして、

「まったくその通りだ。お恥ずかしい話さ。ところが、そういうものなんだよ。偉そうな説教は垂れるけど、坊主なんて商いみたいになってしまって、下手したら坊主のほうが俗っぽかったりするのさ」

「なるほどねえ」

小鈴も腕組みして考え込んだ。

店じゅうの者が、聖なる除夜の鐘の危機をどう乗り越えるべきか考え込んでいると、

「なあ、瑞川さんよ。女に惚《ほ》れる気持ちも煩悩だよな？」

と、星川が訊いた。

「もちろんだ。煩悩のなかでも、かなり強いほうの煩悩だな」

「それが無くなったら、女にも惚れなくなるのかい？」

「そういうことだわな」

「だったら、おいらは煩悩を払わなくていいよ。女には死ぬまで惚れつづけていたいもの。鐘は百七つでいい。だから、旧年と新年をまたぐことなども考えなくていいよ」

と、星川は天井のあたりを見ながら言った。

源蔵と日之助は顔を見合わせた。星川はおこうのことを話すとき、いつも天井のあたりを見る。あれはたぶん、おこうの魂かなにかがあのあたりにいると思っているのだと、そんなふうに推測したことがあった。

ほかの皆は、ただ苦笑している。

「馬鹿者。おぬし一人のために撞くわけではないわ」

と、瑞川和尚は言った。

「ああ、そうかい」

「だが、気持ちはわかるな」

「おや」

「そもそも、煩悩があるから進歩もある。いろいろ考える。悩みがなくなったら、ぽーっとして、幸せな気持ちかもしれぬ。だが、人間はまだ、そこに行くには二千年ほど早い」

瑞川和尚は、得意のちょっとおおげさな説教口調になった。

「そうだろ。それなら、鐘の数なんざ、適当でいいじゃねえか」

と、星川は言った。

この言葉が、店の雰囲気をがらりと変えた。

「そうだよ、和尚さん」

「そんな堅苦しく考えなくていいよ」

「麻布の住人の一人であるおいらは許す」

と、柔軟な意見がつづいた。

「そうだよな」

と、瑞川和尚もうなずいて、

「だんだんどうでもよくなってきた」

「だろ」

星川が言った。

「誰もかぞえないよな。除夜の鐘がいくつ鳴ったかなんて」

瑞川はそう言って、茶碗酒をうまそうにあおった。

「そうですよ。かぞえませんよ、除夜の鐘なんか。鳴ってればいいんです。だいたい、みんな忙しいんだから」

小鈴がうなずいて言った。

五

大晦日である――。

星川が台所の隅でそばを打っていた。自分たちの分に加えて、客が二回転するとして、三十人分くらいは要るだろうと踏んだ。

じっさい、店を開けるとすぐに満員になっている。

そばを打つ道具一式は、下のそば屋から予備のものを借りてきた。いい手つきである。棒を使って伸ばすしぐさなど、なかなか堂に入っている。包丁で切るようすも、小鈴が思わず、「あたしより上手」と言ったくらいである。

そばの注文が次々に入った。

日之助が茹《ゆ》で、ザルに盛って出した。揚げたてのエビとニンジンの天ぷらもついている。

「うまいですよ」

「下の長寿屋《ちょうじゅや》よりうまいんじゃないの」

「ほんと、茹で加減もちょうどだし」

やたらと評判がいい。

今宵は早めにもどった源蔵も、酒を飲み、そばをたぐっている。

「さあ、今宵はかぞえるぞ」

いちばんに来ていた心配性の団七が言った。

「かぞえるって、なにを？」

と、小鈴が訊いた。

「除夜の鐘だよ」

「除夜の鐘をかぞえる？」

小鈴が呆れた声を出して、周囲を見回した。皆、苦笑している。

団七はここで瑞川和尚と話をした晩には来ていなかった。だから、あのときの結論のことは知らないのだ。

「除夜の鐘をかぞえる人なんて、この世にいたんだね」

「そんなにおかしなことか？　おいらは、かぞえるのが趣味なんだ」

「なに、それ？」

「階段を上がれば、段がいくつあるか、かぞえる。毎日上がっていて、何段あるかわかっていても、ついかぞえてしまう。除夜の鐘なんざ、その最たるものさ」

「いるんだね、そういう人が。そんなことしてるから、団七さんはますます心配性になっちゃうんだよ」

と、小鈴はちょっと咎めるように言った。

「いいだろうが、それが好きなんだから。今日は除夜の鐘をかぞえるぞ」

「かぞえたって無駄じゃないのさ。百八って決まってるんだから」

と、わきからお九が言った。

「決まってるかどうかなんてことは関係ない。とにかくおいらは、かぞえないと気が済まないんだから」

団七がそう言ったとき、最初の鐘が鳴った。

ごぉおーん。

あの飲《の》ん兵衛《べえ》の和尚が撞いているとは思えないような、重々しい、腹の底に響いてくるような鐘の音である。

「ひとぉおつ」

と、団七がかぞえ始めた。

戸田吟斎が檻の中で膝《ひざ》を抱えたまま じっとしていた。遠くの音に耳を澄ましているのだ。

聞こえているのは、上野寛永寺の除夜の鐘である。

巴里のノートルダム大聖堂の鐘の音と比べてみる。あちらはもっと高い、にぎやかな音で、間を空けずにつづけざまに鳴らされていたものである。

鐘の音は、日本のもののほうが厳かで、しっとりと深みがある。騒々しさはまるでなく、逆に静けさを感じさせる。鐘自体の大きさや重さが、音にはっきり出るのがよくわかった。

やはりささくれだっていた心が、この鐘のおかげで静まっていく感じがする。

ふと、ずいぶん以前だったが、おこうと、まだ小さかった小鈴と、三人で除夜の鐘に耳を傾けたときのことが思い出された。

本所、といってもだいぶ深川よりの菊川町。

そこで開業医をしながら、吟斎は新しい学問と、異国のまつりごとの形態に強い興味を持ちつづけていた。

おこうがちょっと腰の足りないそばを打ったので、吟斎がそれについて小言を言うと、

「小鈴も食べますから」

おこうはそう言ったような気がする。

幼かった小鈴の顔が瞼《まぶた》の裏に浮かんだ。目が大きくて、ちょっと離れているふうに見える、愛嬌のある顔立ちだった。

わたしはたしかに、おこうのことも、小鈴のことも一生懸命、大事にしなかったのかもしれない。

鳥居耀蔵は、そのあたりを察知したのだろうか。それとも、誰かに聞いたのかもしれない。わたしの本所時代の暮らしについて。

岡っ引きにつかまる前、吟斎はあの家を見にいっていた。おこうと小鈴がいまもあの家で待っている気がしていた。何年経ったのだろう？　八年？　いや、九年か？　それでも女というのはずっと待っているものだと思った。

だが、別の家族が入っていた。おこうは売ってしまったのか。

いまの家族は鍛冶屋《かじ》の一家だった。あるじはこちらに背中を見せて、火花を散らしながら鉄の棒を叩いていた。倅《せがれ》だけでなく、娘も仕事を手伝っているふうで、ときおり何か話すようすも楽しげだった。

とくに寂しさを感じたわけではなかったが、

——失ったものも大きいのだろう。

と、吟斎は思った。

だが、なにも失うことなく、いちばん望むものを手に入れるなどできるわけがないのだった。

大塩平八郎《おおしおへいはちろう》も立ち止まって、除夜の鐘を聞いていた。神田川に架かる柳橋の上である。聞こえているのは回向院《えこういん》の鐘だろう。

武州足立郡を回るため、さきほど新川にある隠れ家を出てきたばかりだった。

「隠れキリシタンをどうすればわれらの仲間として引っ張り出せるのだろうか」

大塩がそう言うと、年下の仲間たちは首をかしげた。

「自ら名乗ろうとしない連中でしょう。無理じゃないですか？」

「無理だろうか。だが、一度、足を運んでみよう」

「どこに？」

「武州の在だよ」

「武州に隠れキリシタンなどいるのですか？」

「ああ」

大坂にいるときから聞いていた話である。武州の足立郡のあたりは、かつてこの辺を支配した関東郡代《ぐんだい》、伊奈《いな》一族がキリシタンを庇護《ひご》したため、隠れキリシタンが残っているのである。

彼らは禁教を信じているのだから、当然、反幕府側であるはずである。となれば、大塩の計画に賛同してくれることが期待できた。

「だが、行ってもよそ者に名乗るわけもないし、だいいち見つかりませんよ」

と、仲間の一人で、戸田吟斎の義弟である橋本喬二郎《はしもときょうじろう》が言った。

「いや、正月だからこそ、違いがわかるかもしれぬ」

「では、わたしもお供を」

「よいよい。大勢で行けば目立ってしまう。わたし一人で行く。それより、橋本さんには戸田さんの行方を追ってもらいたいのだ」

「義兄の？」

「戸田さんの巴里物語を世に出せば、さらなる仲間ができるだろうし、なによりあれはなんとしても陽の目を見させなければならぬ書物であろう」

「だが、義兄は、あの書物は誤謬《ごびゅう》も多く、手を入れなければならぬと」

「だからこそ、巴里からもどったという戸田さんを探し出さなければならぬのだ」

「わかりました」

と、橋本喬二郎はうなずいた。

こうして出てきたのである。

足取りは軽い。

橋本たちは大塩が寝る場所のことを心配した。「寒夜に凍えてしまいます」と。

寒いときは歩きつづければよいのだ。陽が差すとき、それを浴びながらうたた寝をする。疲れは、それで充分、回復するのだ。

自分には力がある。それはまだまだ強大になり、世の中をひっくり返すほどのものになる。大塩は確信している。

橋の上で聞く除夜の鐘は、まるで天上の音色のように澄明だった。

「あれ、急に速くなったぞ」

と、団七が言った。

「ほんとだ」

小鈴も耳を澄ました。

間というのがない。撞いて引いて、撞いて引いてが繰り返されている。火事じゃあるまいしというくらい、せわしない鐘の音である。

「ひどい撞き方だよな」

「酔っ払ってんじゃないの？」

「きっと、そうだ」

「あの生臭坊主め」

客たちから非難の声が相次いだ。

客も除夜の鐘が鳴り出してしばらくするうち、帰る者が出てきたり、新しく来た者もいて、半数ほどは入れ替わっている。

「あ、今度は止まった」

「ほんとだ。鳴らないね」

「八十三で止まったよ」

団七はちゃんとかぞえていた。

ぴたりと止まった。鳴る気配もない。

小鈴は鐘撞き堂が風に吹かれている光景を思い描いた。

「新年はまだだよな」

星川が日之助に訊いた。

「まだ半刻ほどはあるでしょう」

「やっぱり、この界隈の連中は、来年、煩悩だらけだぞ」

と、星川が笑った。

「それでいいんだよ、星川さん」

「そうですよ」

源蔵と日之助もうなずいた。

「あ」

小鈴が声を上げた。

「どうした？」

「ねえ、源蔵さん。煩悩のことで悩んだら、どこに行く？」

「え？」

「源蔵さんが追いかけている男のことだよ。包丁を振り回した男。あんなことしでかしたもんで、ますます悩みも深くなって……いまごろ、煩悩で頭が割れそうになってるよ」

「煩悩……寺か。おい、まさか」

「瑞川さん。危機を報《しら》せようとしたのかも」

「ほんとだ」

源蔵が立ち上がった。

「手伝うぜ」

星川が刀を差した。

日之助も来るというのを制して、二人で玄台寺に駆けつけた。

寺は坂をすこし降りたところである。

正門の横、低くなった土塀を乗り越えた。腰をかがめながら、石組や樹木のあいだを通り抜ける。

「星川さん、あそこ」

「うむ」

小鈴の想像は的中していた。

階段で五段分ほど高くなった鐘撞き堂のところに、人影が二つあった。和尚らしき影は撞木《しゅもく》の下に立ち、もう一つの影は堂の柱に寄りかかって、頭を抱えていた。

「なにか言ってますね」

説教する声が聞こえてくる。

「そうじゃ。だから煩悩があるのは当たり前なのだ」

「そうですよね。和尚さん」

と言ったのが板前の和助だろう。

「だが、それを説き伏せるのに、刃物を持ち出したのは大馬鹿だったな」

「それはおれも失敗だったと思ってるよ」

和助は泣きそうな声で言った。

お堂の下にかすかな明かりはあるが、こっちは見えていないだろう。源蔵が男の右手から、星川が後ろのほうへと回った。

男は刃物を突きつけるといったことはしていない。

二人は同時に、鐘撞き堂に駆け上がった。

「神妙にしろ」

源蔵がそう言うと、和助はなんの抵抗もせず、がっくり膝をついた。

捕縛した和助を源蔵は坂下の番屋に預けてきた。詳しい話は明日、夜が明けてからということにした。元旦早々の取り調べになるので、源蔵はいささかうんざりした顔になっていた。

客は皆、引き上げ、四人で残ったそばを食べた。源蔵と星川は外で歩き回ってきたので、熱いつゆにし、エビの天ぷらを贅沢《ぜいたく》に二本ずつ入れた。

「よう、小鈴ちゃん。年が変わったら、店に看板を出そうよ」

と、星川が言った。

「そうだ。その話をするつもりだったんだ」

源蔵がうなずいた。

日之助が調理場のほうから小さな板を持ってきた。看板用として、小鈴にはないしょで準備しておいたらしい。かまぼこの板よりは大きいが、まな板よりはだいぶ小さい。

「看板ですか？　そんなたいそうな店じゃないと思いますが。あ、皆さんの店なのに、ごめんなさい」

小鈴が肩をすくめた。

「いや、やっぱり看板があったほうがいい。待ち合わせをするにせよ、人にこの店を教えるにせよ、あったほうが楽だし、便利だよ」

と、星川が言った。

「それはそうですが。でも、母はなにも出してなかったんでしょ？」

「つけたい名前はあるんだとは言ってたんだ。でも、つけるとある人に怒られるかもしれないからって、我慢してたみたいだったぜ」

「………」

「そう言えば、わかるだろ？」

「なんとなく」

「それでいいよな?」

「皆さんさえよければ」

「じゃあ、いちばん字がうまい源蔵親分に書いてもらおう」

「ああ」

とうなずき、源蔵は筆を取ると、ためらいもなくさらさらっと書いた。

読みやすい字だが、少しだけ崩してある。それが、ちょっと洒落《しゃれ》た感じになっている。いかにもこの店にふさわしい。

「ちょっと掛けてみたらいい」

と、星川が言った。

「ああ、そうしよう」

四人で外に出た。

大晦日の夜は家々が寝静まってしまえば真っ暗で、白く見えるような冷たい風が吹いていた。

「小鈴」

という看板をかけたとき、ずいぶんあいだが開いた百八つ目の鐘——本当は八十四つ目である——が、荘重な響きで、

ごぉおーん。

と、鳴った。

第二章　下手っぴ名人

一

今日は早いもので正月も四日――。

店は昨日から開けている。昨夜も二十人近い客が押し寄せ、すでにいつもどおりの暮らしが始まりつつあった。

驚いたのは、ここに来てまだふた月くらいなのに、もういつもの暮らしという感覚になっていることである。もしかしたら、ここの仕事は母がずっとやってきたことだからなのか。

二日休んだら、小鈴は年末の疲れもすっかり回復した。昨日は朝からどうにも退屈で、近所の七福神を一通り拝んで回ったうえに、評判になっている麻布七不思議の場所もぜんぶ見てきた。

麻布七不思議は、人によって言うことが違ったりするらしいが、小鈴はガマ池、一本松、善福寺の逆さ銀杏《いちょう》、柳の井戸、七色椿《つばき》、永坂の要石《かなめいし》、狸穴《まみあな》の七カ所をまわった。

ガマ池だけは旗本の屋敷の中にあって、直接見ることはできないが、やさしそうな中間《ちゅうげん》が門のところにいたので、池のようすを訊いた。

回ったと言っても、狸穴がちょっと離れているくらいで、どこもすぐ近所である。一本松などは店の前から木の頭が見えているくらい近い。

麻布というところは、このほかにも不思議な話がたくさんある。広尾の原には、音がどんどん遠ざかる狸囃子《たぬきばやし》の話があり、新堀川には河童《かっぱ》や川獺《かわうそ》が出るし、下の沼についても気味の悪い話を聞く。

これは地形が起伏に富んでいるため、景色が複雑な陰影を醸し出し、岩だの坂だのほら穴だのが、目に見えないなにかを感じさせてくれるのだろう。

反対にのっぺりした東の地平から陽が昇り、やはり平らな西の地平に消えていくようなところに住んでいたりすると、人の気持ちの持ち方もずいぶん違ってくるのではないか。

――面白いところに住んだ……。

と、小鈴は思う。母がここに店を持ったのもわかる気がする。母を恨む気持ちはまだ消えていないが、複雑で豊かな心を持った人だったというのは、おりにふれて感じているのだ。

湯屋のお九も、正月はかなり退屈していたらしい。

なにせ、女退屈党――いつの間にか自分で勝手に命名し、小鈴も入れられた――の一人である。

今日も、いちばんに店にやって来ると、

「ねえ、坂下に住むおきんちゃんがいなくなったんだよ」

と、興味津々なのか深刻なのか、よくわからない顔で言った。

「おきんちゃんて？」

「あれ、小鈴ちゃん、知らなかったっけ？」

「知らない」

「お湯じゃいっしょになっているはずだけどね」

それはそうだろう。ここらの住人は皆、お九の家の湯に行くのだから。だが、顔を知っていても、どこの誰かまでは知らない。

「うちの斜め前の店の娘だよ。あたしよりは一つ二つ歳下かな」

と、お九は言った。

お九はこの正月で二十六になったはずである。ということは二十四、五。

「お嫁には行ってないの？」

「うん。行きそびれたみたいだね」

「そうか。行き遅れてしまったか」

小鈴だって他人のことは言えない。

江戸の娘はたいがい、十五くらいから二十《はたち》前には嫁に行く。それなのに、小鈴はこの正月で二十三になった。こうなると、あっという間にそのおきんやお九たちの歳になってしまう。

「きれいな身体してるんだけどね、おきんちゃんは」

留五郎や団七がいきなりこっちを振り向いた。

「ねえ、どこにそんな娘がいるの？」

「今度、おいらに紹介してくれよ」

「やあね。お九さんも、皆も」

小鈴は呆れて笑った。

「あたしが男だったら、むしゃぶりついてしまうよ」

お九は町内の人たち全員の身体を知っていると、冗談混じりに自慢したこともある。

「ねえ、お九さん。それどころじゃないんでしょ？　人がいなくなったって話なんじゃないの？」

「あ、そうそう。ただ、おきんちゃんていうのは、もともとおっちょこちょいなところがあって、浅草に行ったら道に迷って、二日帰ってこなかったこともあるくらいなの」

「浅草なんか、大川沿いに行けば、子どもだって迷わないよ」

「そうだよね。でも、気がつかないうちに永代橋《えいたいばし》を渡ったもんだから、本所の先をうろうろして、それから今度は音羽のほうに行き、ふらふらになって帰ってきたの」

「嘘みたいだね」

「でも、頭がぼんやりしてるとかいうんじゃないよ。おきんちゃんと話すとわかるけど、男を見る目なんかもありすぎて、行きそびれたんじゃないかな。そうなってしまうと、女は難しいよね。あたしももう駄目かなあ」

どうも、お九の話は本筋から逸《そ》れる。

「今度も道に迷っているんじゃないかって、家の人たちも思ってるの？」

と、小鈴は話をもどして訊いた。

「まさかねえ」

「思い当たることはないの？」

「そうそう。ちょっと変わったことはあったんだよ」

「なに？」

「元日に、通りに出て、羽根つきをしていたんだよ」

羽根つきは、正月の遊びの定番である。男の子は凧上げか独楽《こま》回し。女の子は羽根つきと決まっていて、道のあちこちで、黄色い掛け声と、カンカンという鋭い音が聞こえている。

「羽根つきを？　二十四、五になって羽根つきをしてたってのも、ちょっと子どもっぽいね」

「…………」

お九は照れたような微妙な顔になった。

「あれ。もしかして、お九さんもしてた？」

「はい、はい。あたしもやってましたよ。というより、あたしたちがやっていたところに、おきんちゃんが入れてくれって言ってきたんだけどね」

「そのときのおきんちゃんは、どうしようもなく下手っぴで、罰としてさんざん顔に墨を塗られたりしたの。ところがだよ、次の日に羽根つきをやったら、これが恐ろしくうまくなってたの」

「なに、それ？」

「たった一日でものすごい上達」

「そんなにうまかったの？」

「凄いよ。もう地面に落ちそうなやつを、腰をかがめて接近したと思ったら、ぎりぎりですくいあげたんだよ。こうっとね」

お九はそのときの真似までしてみせた。

「そんな技も？」

「ここらで羽根つきの勝ち抜き大会でもやろうものなら、間違いなくいちばんになっちまうだろうね。それくらい凄かった」

「へえ」

「たった一日で、あんなに上手《うま》くなれるのってびっくりして、あたしは訊いたんだよ。おきんちゃん、昨日はあんなに下手っぴだったじゃない？　って」

「なんて言った？」

「そうでしたっけ？　って」

「とぼけたんだね」

「そして、昨日の三日の朝にいなくなったってわけ」

「朝からいないの？」

「そうなんだって。軽くお餅を焼いて食べたような形跡はあったらしいけどね。それで、昨夜も帰ってこなかったの」

おきんの家の人たちは心配して、方々、友だちの家を訪ねたりしているらしい。

番屋にも届けたので、たぶんいまごろは、源蔵も動いているはずだという。

「それは心配だね」

「そうなんだよ」

「羽根つきねえ」

と、小鈴は言った。

たった一晩で急に上達したというのは、不思議といえば不思議である。だが、しょせん、子どもの遊びといっていい羽根つきのことではないか。

それが、いなくなったことと、なにか関わりがあるのだろうか。


大きな身体の武士が、戸を開けて中に入ってきた。常連の林洋三郎《はやしようさぶろう》である。月代《さかやき》をきれいに剃り、仕立ておろしのような路考茶《ろこうちや》の着物に折り目のすっきりした袴《はかま》なども、いかにも正月めいている。

林はお洒落である。しかも体格がいいので、大身の旗本といった風情である。もっとも、林が旗本なのか御家人なのか、それは誰も知らない。武士に対してそれを訊くのは失礼というものである。

「あら、林さん。おひさしぶり。おめでとうございます」

小鈴が丁寧に頭を下げた。

「うむ。年末はちと忙しくてな。今年もよろしく」

「こちらこそ、ごひいきに願います」

「これは年始の挨拶《あいさつ》がわりだ」

と、みかんのカゴを差し出した。

カゴには大粒のみかんが二十個ほど入っていて、松の飾りまでついている。なかなか洒落た年始の挨拶である。

「あたしもよろしく」

と、お九がわきから言った。やたらと明かりをつける家の騒ぎの件で、お九と林はずいぶん打ち解けてきている。

「うむ。お九さんもよろしくな。それはそうと、看板が出たのだな」

「気がつかれました?」

「そりゃあ気づくさ。頭の上にあるんだもの」

「ところがいるんですよ。まったく見ようとしない人が」

そう言っているとき、次の客が来た。常連で、笛職人の甚太《じんた》である。

「甚太さん。うちの店の名前って、わかりますよね」

「名前？　そんなもの、あったか？　ただの飲み屋だろ」

「ほらね」

小鈴は甚太に、もう一度、外を見てきてもらった。

「そうか。小鈴ちゃんも一国一城のあるじか。おれみてえな見習いに毛の生えたくらいの職人の相手してくれるわけないよなあ」

「何、馬鹿なこと言ってんの。そんなことより新年の挨拶は？」

「ああ、おめでとう」

つづいて葛飾北斎《かつしかほくさい》が疲れたような顔でやって来て、いつもの席に座ると、店はいっぱいになった。

「北斎さん、おめでとうございます」

「ああ。そうだな」

北斎は時候の挨拶などまるでそっけない。絵には季節感があふれるのに、挨拶とは関係ないものらしい。

「餅はあるかい？」

と、北斎は訊いた。

「ありますよ」

「まだ食べてないんだ」

「お餅をですか？」

「正月になったのも忘れていた。娘がいれば思い出してくれたんだろうが、弟子の家で、大きな絵を描いていたのでな。弟子も言えばいいのに、おれがあんまり夢中になってるから、言い出しにくかったんだと」

「まあ」

北斎の大きな絵といえば、護国寺で百二十畳敷きの紙に巨大な達磨《だるま》を描いたのが有名である。

「また達磨ですか？」

と、小鈴は訊いた。

「いや、あんなんじゃねえ。ただの屏風《びょうぶ》絵だよ」

「では、海苔《のり》でくるんだお餅と、お雑煮でいいですか？」

「ああ、頼むよ」

小鈴はすぐに自分でつくって運んできた。

「看板、出したんだな？」

海苔でくるんだ餅を手掴《てづか》みで食べながら、北斎は言った。正月が来たのは気づかなかったが、看板には気づいてくれた。そんなちぐはぐさも、北斎らしい。

「大晦日の夜から下げたんですよ」

「看板はあったほうがいいよ」

「そうですか」

「小鈴ちゃんだって、やる気が違うだろ？」

「はい」

素直にうなずいた。

元旦も店をどう飾るか、どうすれば客に清々《すがすが》しい気持ちになってもらえるか、起きていちばんに考えていた。自分の名前の店ができたのだ。正直、家じゅう撫《な》で回りたいほどなのである。

この名前をつけてくれた三人には、どんな恩返しをしたらいいのか。それを言ったら、「こっちこそ、おこうさんへの恩返しだよ」星川がそう言い、源蔵と日之助もうなずいていた。

それはゆっくり考えていこう――小鈴はそう思っている。

「一輪差しの椿もいいし、土間が白っぽくなっているのもいいね」

と、北斎は下を指差した。

「気がついてくれたんですか、この土間に？」

「そりゃ気づくさ」

二ノ橋近くの新堀川の川砂が白っぽい色なので、腕が抜けそうに重かったが、桶に詰めて持ってきたのである。これを土間全体にうっすらと撒《ま》くと、なんとなく明るい感じになった。

誰か気づくかと期待していたが、星川も源蔵も日之助も、誰も気がつかない。たいして効果はなかったのかとがっかりしていたのである。

「凄い。北斎さん」

「小鈴ちゃん。おれは絵師だぞ。もっとも、微妙な色の違いに気がつかねえ絵師も山ほどいるけどな」

北斎は自慢げな顔をしながら二個目の海苔餅に手を伸ばすと、

「あれ、あの男？」

と、小さく目を瞠った。

「どの人？」

「料理人の前にいる身体の大きな侍」

「ああ、林さん」

「おこうさんの本所の店にも来てた客だぜ」

「そうだっておっしゃってました」

「あいつ、こっちにも来てるのか」

北斎はなにを考えたのか、微妙な顔をしている。

それからたちまち餅を平らげ、長居はせずに帰っていった。

二

客たちの注文に応じながら、

「そうだよね」

と、小鈴はつい、ひとりごとを言った。

「どうしたの、小鈴ちゃん?」

お九は、そろそろ酒は終わりにするつもりらしく、おろし大根とからめた餅を食べながら訊いた。

「おきんちゃんのこと」

「なにか、わかった?」

「わかりはしないけど……」

正月早々、若い娘がいなくなるというのは、やっぱり大変なことだろう。その前日に、下手っぴだった羽根つきが、急にうまくなったというのは、直接、いなくなった原因にはなっていなくても、なにか関わりはあるのではないか。

「あたし、いま、ちらっと思ったんだけど、おきんちゃん、特別、上等な羽子板を手に入れたんじゃないかな」

と、お九が言った。

「上等な羽子板?」

「そう。お姫さましか使えないような羽子板の逸品があるんだよ。伝説の名人がつくった羽子板で、下手っぴがやっても、上手にやれてしまうんだよ。なんだって、道具というのは大事でしょ」

「そんなに凄い羽子板だったの？」

「いや、見た目はそんなに違わなかったと思う。でも、伝説の逸品とかって、だいたい見た目はなんてことなかったりするじゃないさ。おきんちゃんの家には、そういうものがあってもおかしくないしね」

「そうかなあ。道具じゃそんなに違わないよ。下手な人が急にうまくなるのは無理だと思うよ」

　小鈴がそう言うと、わきから林洋三郎が、

「それは小鈴さんの言うとおりだ。いいものでうまくなるなら、わたしだって家財道具を売り払っても、名刀を購《あがな》うさ」

　と、笑いながら言った。

「道具というのはそうですよね。でも、お九さん、上手な人が下手なふりをするのはかんたんだよ。おきんちゃんは、じつはもともと羽根つきがすごく得意だったのかもしれないよ」

「わざと下手に?」

「うん。もしかしたら、墨を塗ってもらいたかったのかも」

「そうか。だいたい、おきんちゃんというのは、敏捷《びんしょう》そうな身体つきだったからね。羽根つきがうまいっていうのは知らなかったけど、歩くのも無茶苦茶速いし。だから、逆に迷子になっちゃったりしたんだね」

「速すぎて?」

「そう。曲がるはずの道もあっという間に通り過ぎるから」

それはまた、別の話だと思ったが、小鈴は軽く微笑み、

「大事なのは、なぜ、そんなことをしたかってことだよ」

と、宙を見つめた。

「下手なふりをしたわけのこと?」

「うん。それと、なぜ、出ていったかだよ」

「出ていったのかねえ。もしかしたら、おきんちゃんは誰かに連れ去られたのかもしれないよ」

「それはないよ、たぶん。だって、親はいなくなったのに気がつかなかったんでし

よ。自分でそっと抜け出したってことじゃない？」

「あ、そうか」

お九も納得した。

「ところで、さっき、おきんちゃんの家の話が出たけど、あのおかしな看板を出しているところじゃないよね？」

と、小鈴が訊いた。

「そう。あそこ。ちょっと変わった商売なんだよ」

「看板に〈楽しみ屋〉って書いてあったよ」

それも紅《あか》い字で書いてあるから目立つのである。猫の絵もいっしょに描いてあった。

「うん。楽しみ屋さんなんだよ」

「あれって、なんの商売なの？」

「江戸には、いろんな楽しみを持つ人がいるよね。なにかを集めたり、変わった芸ごとに熱中したり、あるいはどこかに行ってみたり」

「そうだろうね」

男の楽しみは、飲む、打つ、買うの三つだなんて言う人がいるが、小鈴が見た限りでも、そんな単純なものではないだろう。人はいろんなものに興味を示し、集めたがったり、やってみたくなったりする。

「しかも、それぞれを楽しむ人のなかには、名人のようになったり、ちょっとした家元みたいになっている人までいたりするの」

「いるよね」

「おきんちゃんのおとっつぁんの武助《ぶすけ》さんは、そういう人をたくさん知っていて、その取りまとめみたいなことも手伝っているんだよ」

「どういうこと？」

「たとえば、昔ながらの家元だったら、お弟子さんのこととか、集まりの手配とか、謝礼の取りまとめとか手慣れたもんでしょ。玄人《くろうと》になりかけみたいな人はそういうことはわからないので、武助さんが代行してあげるわけ。しかも、隠居して暇になった人とかには、世の中にはいろんな楽しみごとがありますよ、こういうのはどうですかと勧めるわけ。それで、その集まりに入れると、両方から礼金をいただくわけ」

「へえ」

「世の中、暇な人が多いし、けっこう繁盛してるらしいよ」

「商才があるんだな、おきんちゃんのおとっつぁんは」

「そうみたいよ。だから、おきんちゃんの家に、伝説の羽子板があっても不思議じゃないなと思ったわけよ」

「それは、面白いのう」

わきで聞いていた林洋三郎も興味を示し、

「なあ、お九さん。たとえば、わたしが富士山に登りたいのだがと相談すると、富士講を紹介してくれたりするのかのう？」

と、訊いた。

富士講というのは、江戸の庶民のあいだで人気になっている集団の富士参拝である。御師《おし》と呼ばれる者が人を集め、金を積み立てさせ、出発から帰宅まで面倒を見る。

もっともこれは庶民の娯楽で、武士の参加者はきわめて少ない。

「そうです」

「ほう。それはいいな。たしかに、江戸にはいろんな趣味嗜好《しこう》の連中がいる。そういうのをいっぱい知っているのか？」

「ええ、あたしが聞いたのは芝居関係だけですが、芝居の好きな人の集まりや、役者の取り巻きとか、いろいろ知っているみたいですよ」

「わたしもそのうち、のぞいてみることにしよう」

「かなり、変わった連中も出入りしてますしね」

「おきんちゃんの家の人たちって、昔からいたの？」

と、小鈴が訊いた。

「ううん。昔はいなかったよ。あたしが嫁に行っているあいだ、三年くらい前に引っ越してきたの」

「やっぱり、あの家に訳があるんじゃないかなあ」

と、小鈴は言った。自分が家を出たときのことを思い出して、鼻の奥がつうんと痛くなった。

そういえば――。

小鈴が家を出たのも正月のことだった。

家といっても、もといた本所の家ではない。

ある日、母が小鈴を根津にある父の実家に連れていき、

「この子をしばらく預かってください」

と、頼んだのである。

坂道の途中にある三百坪ほどの、古い屋敷だった。裏庭には数本の大きなケヤキの木があって、屋敷をおおいつくすように枝を伸ばしていた。

「おこうさんはどうするの？」

祖母は母に訊いた。ひどく冷たい物言いだった。小鈴だけなら預かるが、あなたは来なくてもいいと、そう告げたようでもあった。

「吟斎の後始末のことがありますが、しばらくは小鈴といっしょにお世話になりたいと思います」

母はそう言って、小鈴の背を押すようにした。

十四のときの、それは年末のことだった。風が肌を切るように冷たく、足元から寒さが這《は》い上がってきていたのも覚えている。

戸田家というのは、二百石を頂戴《ちょうだい》する旗本の家だった。父はここの三男坊として生まれていた。

旗本の三男坊などは、養子の口でもなければ冷飯食いとなって、一生、表に出ないで暮らさなければならない。

小鈴の父はそんな暮らしにはさっさと見切りをつけ、独学で医術と蘭語《らんご》を学び、十九のときには一度目の長崎遊学を果たしていた。

吟斎という名もそのときつけたと、母から聞いたことがある。実家の人たちはいまだに吟三郎《ぎんさぶろう》と言っていた。

その父と母がどうやって知り合ったかについては、聞いたことがない。

小鈴が物ごころついたあとも、父は長崎に二度目の遊学に行ったりもしたらしい。医者がいなくなった家にも患者が来ていて、母が薬を出していたような記憶もある。

思い出のなかの父母は、けっして仲は悪くなかった。

だが、父はふいにいなくなり、根津の実家に連れていかれた。母は十日ほどいっしょにいて、いなくなった。「ごめんね。しばらく寂しいのを我慢してね」と、それくらいは言い残したような覚えもある。だが、それから、母は一度も姿を見せなかった。

もしかしたら、手紙くらいは届いていたのかもしれない。

それを祖父母があたしに見せなかっただけで。

戸田家の日々は、重苦しかった。

祖父母は明らかに母を嫌っていたし、あたしにも母の冷たさをしつこく訴えた。

さらには、母への恨みがあたしにまで向けられているのを感じた。

三年、我慢した。

このままいたら、あたしは母から教わった護身用の吹き矢の先を祖父母の顔に向けてしまう――そう思ったとき、小鈴は戸田家を出た。

あとになって知り合った人たちには、家を出たのは好きな男でもできたからではないのかと、何度も訊かれた。

男なんかいなかった。

――これからは一人で生きていくんだ。

と、小鈴はそう決意して家を出たのだった。

三

お九が言ったように、源蔵はおきんの捜索に動き出していた。母親が近くの番屋に相談し、源蔵に話が回ってきた。

朝、そっといなくなったというから、無理やり連れ去られたわけではない。

「男がいたんじゃねえのか？」

源蔵はすぐにそう訊いたが、

「それはないはずだ」

と、母親は首を横に振った。

おきんの友だちのことを訊くと、三年前にここに引っ越してきたので、親しい友だちは少ないが、煙草《たばこ》屋の娘のおつるとは親しくしていたという。そのおつるに訊くと、父親との仲が険悪だというのはすぐにわかった。

「義理の父親なんですよ」

「そうだったかい。ほんとの父親は死んだのかね？」

「はっきり聞いたわけではないんですが、借金をして、そのために別れたというのはちらっと聞きました」

「ふうん」

「それで、おきんちゃんのおばさんは十年ほど前、いまのおじさんといっしょになったみたいです」

「なるほどな」

おきんは十五。母親が三十ちょっとくらいのときだろう。

「おきんちゃんは、癇癪《かんしゃく》を起こしたり、気持ちをぶつけたりはしない人だから、おばさんもそのことはわかってないのかもしれません。でも、あたしには言ってました。大っ嫌いだって」

「なにがそんなに嫌いなんだろう？」

源蔵はそう訊いたが、嫌いなのは当たり前のような気がした。

若い娘に、義理の父親が好かれるわけがない。自分は着物をきたガマガエルのようなものだと思ったほうがいい。

だが、おきんの友だちは、もっとはっきりした理由を語った。

「変な婿を押しつけようとするって言ってましたよ」

「変な婿って、どういうんだよ？」

「おきんちゃんのおとっつぁんて、江戸の変人の集まりをたくさん知ってるんです。その中に、仙人になりたい人の集まりというのがあって、その頭領みたいな人をおっつけられそうになったって」

「仙人？」

「ええ。なんでも白い着物をだらしなく着て、年寄りでもないのに杖《つえ》をつき、あげくは霞《かすみ》を食べたりするんですって。その頭《かしら》というのは、まだ三十くらいだけど、ひょろひょろに痩《や》せて、おきんちゃんにもあまりご飯は食べないほうがいいと言ったりするんですって」

「なんだ、そりゃ。まさか、空飛んだりもするのか？」

「それはないでしょう。なりたいというだけですからね」

「なったわけではないのか」

「頭領というのは、じつは小間物屋のあるじでお金は持っているみたいなんですが、死んでもあんな人のところに嫁に行きたくないって」

「そりゃそうだな」

「その次はもっとひどくて、猿が大好きな人たちの集まりのなかの頭領みたいな人だったんですって」

「猿が好き？」

「ええ。家の中でも猿を十何匹飼っていて、夜なんかも猿といっしょの布団で寝るんだと嬉しそうに言うそうです」

「顔も猿みたいなのかな？」

「顔は知りません。でも、猿といっしょの布団ですよ。凄いお金持ちらしいんですけどね。旦那も、若くて凄い美人な嫁だけど、猿がいつもいっしょの暮らしなんて嫌でしょ？」

「いや、おれは別にかまわねえけどな」

「いいんですか！」

娘は汚いものでも目の当たりにしたように、すこし後ろに下がった。

「でも、若い娘が嫌がる気持ちはわかるよ」

「おきんちゃんの父親って、そういう変わった集まりの人と関わるような仕事をしてるんでしょ？　そういう人の中から、いかにもお金を持っている人に声をかけているんですって」

「なるほどな」

源蔵はうなずいた。

すぐに確信した。おきんは家出である。

「こりゃあ、しばらく見つからねえな」

と、つぶやいた。


星川勢七郎は、いつもの稽古場に来ていた。

賢長寺《けんちょうじ》の墓地である。

元日の夜も来た。一日も欠かさず、つづけることにしている。

剣術の稽古は、毎日やるのがいいことかどうかはわからない。おそらく、適度に休みを入れて、身体の疲れを回復させながらやるほうが、効果も上がる気がする。

だが、それは若いうちのことではないか。

この歳になると、休めばそれだけ衰えてしまう気がする。とにかく毎日やること。

疲れているときは数を減らすだけで、怠けないこと。そうしないと、体力の陰で気力も衰える。それがいちばん怖いことだった。

平手《ひらて》造酒《みき》が名づけてくれた〈秘剣老いの杖〉は、自分でも鋭さを増している気がする。

速さを上げるため、剣をすこし細く、軽いものにした。叩きつけたりするなら剛刀のほうがいい。だが、この剣は敵と刃を合わさない。刃をかわし、隙を狙って突く。そのためだけの剣だった。

「てやっ。とう」

小さく声を上げながら、さまざまな動きを繰り返す。

足さばきが大事である。いかに速く、一歩、後ろに下がれるか。それが勝敗を決する。

汗が流れてきた。息が切れてきた。

一休みしながら、おこうの仇《かたき》について考えた。

直接、あの店に火をつけた連中は倒している。だが、その背後にいる者、斬り合った男が「きさまらの手など届かない人」と言った者については、なにもわかっていない。

星川は諦《あきら》めるつもりはない。

——やれるだけやってやる。

もしかしたら、知りたくないことまで知るのかもしれない。

大塩平八郎。最初に店を訪ねてきた若い男。その者たちがどう関わっているのか。

そして、おこうは一人身だと勝手に思い込んでいたが、医者だったという亭主も生きているのではないか。

どうやって、調べを進めよう？

それは源蔵ともじっくり相談すべきだろう。

ただ、小鈴の身だけは、なんとしても守らなければならない。

星川は腰を上げ、もう一度、剣の稽古に熱中した。


大塩平八郎は、元旦には武州の沼田村にいた。

その村のはずれで、なぜか一体の地蔵が目についた。田んぼの中にぽつんとあって、それが海に浮かぶ舟のように、浮き上がって見えたのである。

大塩は細い畦道《あぜみち》を通って、ゆっくり近づいていった。

顔立ちがやさしげである。微笑んでいる。

大塩は地蔵の裏側に回った。

——これは。

目を瞠った。台座のところに、目立たないようにだが十字が刻んである。

聞いたことがあった。マリア地蔵というもの。キリシタンにとっては菩薩《ぼさつ》さまのような女がマリアさまで、それを地蔵菩薩の姿に似せてひそかに拝んでいるのだという。

大塩は、素直な気持ちで手を合わせた。

——ありがとうございました。

そうもつぶやいた。

なにかが導いてくれた気がする。

たぶん、自分にはいま、不思議な力がそなわっていて、それがこんなふうにマリア地蔵との出会いをもたらしたりするのだ。でなければ、わき道に逸れた、こんな場末の地蔵になど、目を向けるわけもないのだ。

この地蔵をしばらく見張ることにした。

わきの草むらにひそみ、じっとしていると、やがて女が一人やって来た。

近くの農家の婆《ばあ》さんらしい。お供えを持ってきて、拝んでいる。

大塩はそのわきに行って、手を合わせながら、

「どうか、お助けくださいませ」

と、声に出して言った。

婆さんは驚いて、大塩を見た。

だが、なにも言わない。慌てたように踵《きびす》を返し、村のほうへ去っていった。

また、しばらく待つと、若い農夫がやって来た。

大塩は同じようにした。

すると、この農夫も去った。

それから、半刻ほど経ってからだろうか。大塩と同じ歳くらいの、身なりの整った男が来て、あたりを見回した。

大塩が草むらから出て、ゆっくり近づいていくと、

「なにかお悩みごとですか？」

と、訊いた。

村の庄屋だった。

それから四日。大塩は、まだこの庄屋の家にいる。

四

翌日――。

「ねえ、小鈴ちゃん」

と、お九が顔を出した。昼を回ったばかりで、店はまだ開けていない。

小鈴は三日の朝に漬けた大根のぬか漬けの具合を見ているところで、手が離せないまま、

「なに？」

と、訊いた。

「いま、おきんちゃんのおっかさんが来るから」

「あら」

小鈴は慌てて手を洗いはじめる。臭いが気になり、何度も鼻に手を当てる。

「昨日もまだ帰らなかったので、すごく心配しているみたいだったの。源蔵さんからは、たぶん家出だから、すぐにはもどらないって言われたらしいよ」

「そうなの」

「でも、あたしかわいそうになって、坂の上の〈小鈴〉っていう飲み屋の女将が、占いの名人だから観《み》てもらうといいと言ったら、すぐに来るって」

「占いの名人？　まずいよ、それは」

「あれ、やるでしょ？」

「でも、あんなんじゃ絶対、おきんちゃんの居場所はわからないよ」

わかるのは心の傷の正体みたいなもので、それだって本当に当たっているのか、小鈴には確証がない。

「でも、もう来ちゃうから」

「もう、お九さんたら」

そう言った矢先に、おきんの母親が顔を出した。

ひどくやつれていて、かわいそうで無下にはできない。

「お九さんから、こちらの女将さんに訊くといいって言われまして」

「お力になれるかどうか、わかりませんが」

「源蔵親分もこちらの方だとか？」

「そうなんです。あたしはいわば雇われ女将のようなもので」

「親分から、おきんはあたしの亭主のことが嫌いで家出したんだ、だからしばらくはもどらないだろうと言われました」

おきんの母は力なくそう言った。

「源蔵さんがそんなことを？」

昨夜、源蔵は遅くなってからこっちの店に寄り、店じまいするとすぐ、家に帰ってしまった。だから、そんな話はなにも聞いていない。

それに、小鈴がおきんの話を知っているとは思っていないから、多少時間があったとしても、その話はしなかったに違いない。

「でも、嫌いだというのは、いまに始まったことではないですよね？」

と、小鈴が訊いた。

「はい。あたしが再婚した十年前から、おきんはあの人のことが嫌だったんだと思いました。いまになってみればですが」

　おきんの母親は、涙をぬぐった。

「それが、どうして正月早々、家を出ることに？」

「もしかしたら、縁談があったからかもしれませんね」

「縁談？　どういう人ですか？」

　お九がわきから訊いた。

　縁談という言葉が気になったらしい。出もどってきて、一時、男なんかもうどうでもいいなんて言っていたくせに、このところ雲行きが怪しい。元の嫁ぎ先の秘密が明らかになったため、気持ちがすっきりし、やり直してみたいと思いはじめたのかもしれない。

「土の笛を吹くのが楽しみという人ですよ」

「へえ、土の笛をね」

　お九はがっかりしたように言った。

　小鈴は一度、土笛の音色を聞いたことがある。それは竹笛の音色とはまるで違う、本当に土の肌触りが感じられる音色だった。

「おきんちゃんはなんて？」

と、小鈴が訊いた。

「土の笛なんか吹くような男は大っ嫌いだと言ってましたよ」

「そうですか」

「たぶん、身体中に土をなすりつけて、土笛を吹きながら踊ったりするんだろうって」

「そんな馬鹿な」

「そうだとしても、あたしは、仙人や猿使いよりはまだましだと思うのですが」

「え？」

おきんの母親は、よくわからないことを言った。

だが、いまはそれどころではない。

「その人、二日に来たりしてないですよね」

と、小鈴は訊いた。

「いえ、来てましたよ。うちの人に挨拶するために」

「おきんちゃん、会ったんですか？」

「ううん。おきんは、会ってないはずですよ。その日、うちの人が出先からもどるのが遅れて、結局、会えなかったんです。だから、紹介もしませんでした。それで、三日にまた来たんです」

「三日も来たんですか？」

「けど、そのときは向こうが忙しくて、ちょっと挨拶しただけでいなくなってしまいましたよ」

「そうでしたか。では、占ってみます。おきんちゃんの生まれた年と、名前を紙に書いてください」

と、小鈴は紙を差し出した。

「それで、あたしのはすぐには結果が出ないんです。二、三日、待ってもらえませんか？」

「二、三日も」

一刻でも早く見つけてもらいたいと思っている人に、それはじれったいだろう。

おきんの母親は元気なく、帰っていった。

「ほんとに、すぐにはわからないの、小鈴ちゃん？」

お九はちょっと責めるように言った。

「ううん。だいたい、わかった」

「え、占ったの？」

「そうじゃないよ。占いじゃなく、羽根つきの話でだよ」

「あれで、なにがわかったの？」

「羽根つきの最初の日は、おきんちゃん、その人に会うのが嫌だったんだよ。それで、もし、挨拶することになっても、顔に墨をべったり塗った顔で会おうと思って、お九さんの仲間に加わり、わざと失敗したんだよ」

「それで墨を塗られたんだ」

「でも、そのときに見て気に入ったか、あるいはどこかでたまたま会ったかして、次の日は会うのが楽しみになったんじゃないかな」

「現金なものよねえ」

「それで今度はおきんちゃん、目いっぱいいいところを見せようとしたわけ。俄然《がぜん》、張り切ったから、前の日の相手をしたお九さんたちは、その落差から突然、名人になったみたいにびっくりしたんだよ」

「なるほどねえ」

「あたし、おきんちゃんはその土笛の人といっしょにいる気がする」

「じゃあ、父親に訊けば、すぐわかるね」

「うん。でも、言ったほうがいいのかな」

「教えたら、おきんちゃん、父親に意地悪されたりしてかわいそうなことになるかもしれないね」

「そうだよ。難しいところだよ」

小鈴とお九は、ちょっとようすをみることにした。


この夜——。

初めての客が来た。女一人で入ってくるのはめずらしい。

「よう、お染」

と、日之助が笑った。

「知り合いなんだ」

小鈴が微笑んだ。

「なんだよ。日之さんも隅に置けねえな。いつからだ？」

稽古に出ようとしていた星川が訊いた。

「うん、まあ」

日之助が返事に困っていると、日之助の近くまで来ていたお染が、

「あたし、吉原にいたんですよ」

さらりと言った。

「あ、そうなのか。それにしちゃ、まだ若いんじゃねえのか？」

「身請けされたんですけどね、旦那がぽっくり」

「そりゃあ運のいいこった」

と、星川は笑った。

「元同心の星川さんだよ」

「初めまして」

お染が頭を下げた。

「そっちが、元瓦版屋で、いまは岡っ引きをしている源蔵さん」

「よろしくな」

めずらしく早めにもどった源蔵が、だいぶ酒の入った赤い顔で笑った。

「忙しいんでしょうね」

と、お染は源蔵に訊いた。

「そうでもねえ。ここらは浅草あたりより悪いのは少ねえから」

「そうなんですか？」

「いま、追いかけてるのは紅蜘蛛《べにくも》小僧って泥棒くらいさ」

「紅蜘蛛小僧？　なんだか芝居に出てくる泥棒みたいですね」

「そう。芝居がかった野郎でさ。盗みに入るときは、紅い紐《ひも》を使って、高いところから侵入するのさ。金が狙いというよりは、大店だの、大名屋敷だのをからかっているみたいなので、町の娘ッ子たちに人気があったりするのさ」

「へえ。面白そう」

お染は日之助を見て笑った。

「じゃあ、お染さん、これからどうするんですか？」

と、小鈴が訊いた。

「とりあえず、死んだ旦那が家一軒残してくれたんで、住むところに苦労は無いんだけどね、働いていかなきゃと思ってるの」

「うん。働いたほうがいいです。女も一生懸命働かなくちゃ」

「でも、女郎上がりにできることなんかしれてるしねえ」

「あたしだって、なんの取り得もなかったけど、どうにかなっちゃいましたから、大丈夫ですよ」

小鈴が笑いながらこぶしを握ってみせた。


お染は、ほろ酔い気分で外に出た。

あの店の人たちは気のいい人ばかりだった。女郎上がりの女を馬鹿にするようなところはまるでなかった。たぶん、ほかの誰に対してもそうなのだろう。

最初、日之助が惚れた女というのは、あの若い女将かと思った。だが、違うのはすぐにわかった。小鈴にも日之助にも、お互いを見る目に強い光がなかった。それは、当人が意識していなくても現れるもので、お染はそれを見抜くことについては自信があった。

それよりも、気になったことが一つあった。

岡っ引きの源蔵が話した紅蜘蛛小僧のこと。

紅い紐を使って盗みに入ると言っていた。その紅い紐というのを見たことがあるのだ。

日之助が袂《たもと》の中に入れていた。変に興奮したような顔でやって来た夜。二度ほど、その紅い紐を見ていた。

それに、さっき源蔵が紅蜘蛛小僧の話をしたとき、硬い表情でそっぽを向いていた。

――まさかね。

だが、お染には、闇の中で蜘蛛のようにぶら下がっている日之助の姿が見えるような気がした。

五

「小鈴ちゃん。見つけたよ」

と、お九が娘を引っ張ってきたのは、松が取れた八日のことである。

「この子、おきんちゃん」

隠れて家のほうを見ていたのだという。

父親がいなかったら、母親と会うつもりだった。心配しないよう、いまいるところだけは伝えておこうと思ったのだそうだ。

だが、父親は出かけておらず家にいた。

「話によっては、あたしがおばさんに伝えておいてあげようかって。どうせ、土笛の人といっしょにいるんだろって、そう言ったら、おきんちゃん、びっくりしてね」

「だって、どうしてわかったんだろうって」

と、おきんは言った。

背がすらりとして、美人ではないが、落ち着いた表情の賢そうな娘である。

「この小鈴ちゃんはお見通しだよ」

「天狗《てんぐ》みたいに言わないでよ」

小鈴はそう言って、自分が考えたことをおきんに言った。

「あ、そうです。まさにその通りです。へえ、それでわかったなんて、凄いねえ」

「想像した男とは、ずいぶん違ったんでしょ？」

「そう。だって、まだ若いのに土笛を吹くのが楽しみだなんて、いったいどれだけ変な男なんだろうって思いましたよ。いままで、おとっつぁんが見つけてきた男たちから考えると、土とか泥を身体に塗りたくって、土笛吹きながら踊ったりするんだろうって。笑っちゃうでしょ？　でも、仙人だとか猿使いだとか、そういう人ばっかり見つけてきてたんですよ。江戸の変人だったら、いっぱい知り合いなんですから」

「それが変ではなかった？」

「違ったんです」

おきんはホッとしたように言った。

「あ、いい男だったんだね？」

お九が悔しそうに訊いた。

「そんな、特別にようすがいいとかいうんじゃないんですよ。でも、なんか、元日にちらっと見たとき、あのおとっつぁんがいままで勧めてきたような男とは違うなって思ったんです」

「一目惚れ？」

　と、お九が訊いた。

「違いますよ。それで、次の日、朝日稲荷《いなり》に参詣《さんけい》に行ったら、あの人がいて、境内で土笛を吹いていていたんです。その音色にびっくりしたの」

「音色にねえ」

「なんて言うんだろう、胸の奥まで沁みとおってくるような音色なんですよ。初めて聞いたはずなのに、ずっと昔、聞いていたようにも思えるの」

「わかる気がする」

　と、小鈴は言った。

「それで、ちょっと話をしたら、いま、お正月の光景が思い浮かぶような唄をつくっているところなんだって。子どもたちが凧上げや羽根つきをして遊ぶところを曲にしたいんだって。ちょっとだけ聞かせてもらったら、ほんとに凧上げや羽根つきをする姿が、目に浮かんでくるみたいなのよ」

「だから、おきんちゃんはそのあと土笛の人が家に来たとき、羽根つきを上手にやってみせたのか」

「そうなのよ。前の日に、わざと下手くそにやって、顔に墨を塗られたりしてたから、そのときは曲づくりに役立つように、気持ちよさそうに羽根つきしてるところを見せてあげようって頑張っちゃったよ」

おきんは頬を染めて言った。

小鈴はそのときのおきんの姿が目に浮かぶような気がした。想像とはまるで違って、好もしい男の人が花婿候補として現れたときの喜び。それまでの幻滅やら落胆などが吹き飛んでいくような思いだったのではないか。

「じゃあ、いまはその人といっしょにいるのね？」

と、小鈴は訊いた。

「そう。善二郎《ぜんじろう》さんていうんだけど」

おきんはうなずいた。

もともと、おきんの父親はそういうつもりでいた。善二郎とおきんをいっしょにさせようと目論《もくろ》んでいた。だから、とくに心配なことが起きたわけではない。

「駆け落ちっていうほどでもないのか」

と、お九が言った。

「ただ、おとっつぁんに知られたくないんです。また、おれのおかげで幸せになっただの、店を手伝えだの言ってくるに決まってるから」

「じゃあ、こうしようよ」

と、お九が提案した。

母親にだけは告げておくこと。

あとは様子見。

おきんはうなずいた。

小鈴は、来年あたり、赤ん坊を抱いたおきんが、そこの実家に里帰りしている姿が見えるような気がした。

その日の夕方——。

飛脚が小鈴に書状を届けてきた。

油紙に包まれたそれを開けると、平手造酒からだった。

小鈴。おれは約束したとおり、お前とはもう会わない。

しっかりやってくれ。

ところで、一つだけ言い忘れたことがあった。

あの晩、おれと元同心の旦那がやつらと斬り合う前に、あいつらはおれに、はしもときょうじろうになにか頼まれたのだろう、と訊いた。

もちろん、おれは知らないと答えた。

だが、その名前のことは元同心さんに教えてやったほうがいいのではないかと思ったので、こうして書状を届けた次第だ。

いまは房州に入ったところ。では、達者でな。


平手は自分で都々逸《どどいつ》をつくるくらいだから、もっとうまい文も書ける。だが、この書状はずいぶんと素っ気ない。

これも平手さんらしい、と小鈴は思った。

「どうかしたのかい？」

と、星川が訊いた。

「平手さんからですが、この前の夜、星川さんが戦った男たちは、はしもときょうじろう、という男の名を出していた。それを伝えてくれと」

「はしもときょうじろう？　小鈴ちゃん、知ってるかい？」

「橋本というのは、母の旧姓です」

「え」

「喬二郎は叔父さんです。あたしは子どものときに会ったきりですが、母は頼りにしていたかもしれません」

小鈴がそう言うと、

「星川さん。それって、もしかしたら？」

源蔵が星川を見つめた。

「ああ」

と、星川はうなずき、

「小鈴ちゃん。叔父さんというのは眉の長い、いい男じゃなかったかい？」

「あ、そうかもしれません」

「やっぱり、そうだ。その叔父さんはここでおこうさんを何度か訪ねてきて、たぶんなにかを受け取っていった。そしてそれを、あの連中が探し求めているんだ」

「それって、もしかしたら書物じゃないでしょうか」

と、小鈴は言った。


鳥居耀蔵は檻の前に立った。

年末以来だった。

檻のあいだから、みかんを七、八個入れた。

「遅くなったが正月の差し入れだよ」

「それは、どうも」

戸田吟斎は受け取り、すぐに一つの皮を剥《む》いて口に入れた。

「甘いですね」

「そうだろう」

と、自分も皮を剝いて食べた。

「な、戸田。分相応に黙っておとなしく、家を守ることだけを考えていれば、人はそう不幸せなことにはならぬのだ」

鳥居は静かな口調でそう言った。

「わたしのしていることが、分不相応だというのですか」

「足るを知れというのだ」

「どこで足りるかは自分で決めることでしょう」

「海を越えるなど要らぬことだろうが」

「………」

「越えたのだろう?」

「船には乗ったが難破した」

「嘘をつけ。そなたの荷物はくわしく調べた」

当てずっぽうではない。戸田吟斎は清国《しんこく》どころか、欧州の地も踏んでいる。巴里にまで行っている。それは、持ち物からも推定されるのだ。

いくつかめずらしいものもあり、それは専門の者をたどり、鑑定してもらっている。指輪や異国語の書物は、いろんなことを明らかにしてくれそうである。

「…………」

戸田吟斎はうつむいている。

「愛と……」

鳥居はゆっくり言った。

「え？」

戸田吟斎は顔を上げた。

「自由と……」

「…………」

「平等」

「…………」

「この言葉について、思うところはあるわな？」

「なんのことか」

戸田吟斎は横を向いた。惚《とぼ》けようとしている。

「わたしは生憎《あいにく》と、『巴里物語』の原文を読んでいない。ずっと探しているが、なかなか手に入らない。そなたは写本をつくらせなかったようだな。たぶん、捕まる前にそなたが処分した一冊」

「…………」

「それとももう一冊は、そなたの女房に預けたか、あるいは親しい蘭学者に預けたか。

まさか、欧州でわが国から追放されたシーボルトに届けたなんてことはあるまい？」

「なにをおっしゃっているのか」

「まるで戯作《げさく》のようにふざけた調子で書かれてあったというではないか。……いまを去ること四十年前。欧州は巴里で、民が幕府をひっくり返した。いや、たまげた。そんなことがあるんだな。そんなことができるんだな。ひっくり返しただけじゃない。民がまつりごとをやったんだ。民が集まって、おらたちのことはおらたちで決めよう、そういうことになったんだとさ。愛と自由と平等。そんな言葉があったんだとさ。いまから語って聞かせよう。巴里の民が、この世に極楽をつくった話……と、そんな調子でな」

「面白そうな話ではないですか」

戸田吟斎は微笑んで言った。

「面白そうかな？」

「ええ。わたしは知りませんよ。そんな本のことは。だが、書いてある中身は面白そうですよ。愛と自由と平等。夢のような話ではないですか」

「そうだな。夢としてはな。だが、そなた、それらが信じられるか？」

今度は鳥居耀蔵が余裕のある笑みを浮かべて訊いた。

「信じられるかですと？」

「さよう。人の心に愛などというものが育つと思うのか？　おのがことをいちばんとし、他人を押しのけなければ身をあやうくするこの世で、愛などという気持ちがほんとうに存在すると思うのか？」

「信じられぬ鳥居さまは、かわいそうなお人ですな」

「人が自由になりたいなどと、ほんとうに思うのか？」

「当たり前じゃありませんか。人は皆、したい仕事をし、住みたいところに住み、誰の命ずるところでもない、おのれの欲するままに生きたいに決まっているではないですか」

「ほう。それで、そのようになると、人は皆、幸せになると思うのか？」

「できなかったら不幸せですからな」

「では、さらに訊くぞ。じっさい、人は平等になるのか？　まつりごとのかたちを変えれば、人は平等になると思うのか？」

「なるでしょうね。そして、そうしなければ、ならぬのでしょう」

「面白いな、そなたは」

鳥居耀蔵は鼻で笑った。

「面白い？」

「子どものようだな」

「愚弄《ぐろう》なさいますか？」

「そなたのことをかわいいと思ったのかな」

「どういう意味でしょうか」

「いや、なに」

鳥居はしらばくれた。

おこうも、それらの言葉についてはロにしたことはあった。

信じているようにも言った。

だが、おそらくこの戸田吟斎とは理解の仕方が違っている。

「ま、一つずつ話していこう」

「いいでしょう。なにからいきましょうかな？」

戸田吟斎は、迎え撃ちましょうというように胸を張った。

鳥居は、おこうが死んだことをまだ伝えていない。その焼け跡に娘がやって来て、飲み屋を継いだことも。

それらのことは、自分が受けた衝撃のことを思っても、この男を屈服させるための効果的な弾になる気がしていた。

第三章　男の背中

一

「変な客が来るんだよ」

湯屋のお九が怯えた顔で言った。

もっとも、お九の変な客はいまに始まったことではない。いろんな人間がいて、裸になると心も裸になるのか、おかしなふるまいに及ぶ人は少なくないらしい。昨日も女同士が裸で取っ組み合いのけんかになって、止めるのに一苦労だったという話をしていたばかりである。

「どんな客？」

小鈴が丸くした豆腐を油で揚げながら訊いた。

「彫り物を入れてるの」

「彫り物はめずらしくないでしょ？」

鳶《とび》や駕籠《かご》屋などは、彫り物のない人のほうが少ないのではないか。

ここの客にもいた。

「三人いるんだけど、それぞれ背中に変な彫り物をしているんだよ」

「なに？」

「ヘビとカエルとカニ」

「ふうん」

「ヘビはたまにいるよ。でも、カエルとカニはないよ」

「それを背中に彫ってるの？」

「そう、けっこう大きな彫り物だよ」

「ヘビとカエルとカニってなんか変な組み合わせだね」

「ヘビとカエルとナメクジならわかるんだよ」

「あ、三すくみだ」

揚がった豆腐を器に入れ、小鈴はうなずいた。

これに甘辛い餡《あん》をかけて、できあがりである。

　すぐに注文した客に出した。

「でも、ナメクジじゃなくて、カニだからね」

「そうかぁ」

「三人がヘビとカエルとナメクジを背中に彫って、仲良くしていたりすれば、それは冗談まじりに彫ったんだなって思うよね」

「うん」

　お九と小鈴が話していたのに、常連の笛師の甚太も加わった。

「おれも、見たよ。ヘビとカニだけだったけど」

「ああ、甚太さんも見た？」

「怖いよな、あいつら」

「そうなんだよ。どう見たって、いい人じゃないよね」

「とても訊く雰囲気じゃないよ。カニはどういう意味なんですか？　なんて」

「あれは怖くて誰も訊けないよ。訊けるとしたら、星川さんや源蔵さんくらいだけど、あいつら来るのはいつも夕方なんだよ。星川さんは朝湯と終《しま》い湯にしか来ないから。同心のころからそうだったって」

「源蔵さんも忙しいしね」

「不思議なのは、あの三人は友だち同士じゃない、というより、まるで他人みたいなことだよ」

と、お九は言った。

「知り合いじゃないの？」

「たぶん、うちの湯で知り合ったんだと思う。言葉づかいは他人行儀だよ。だから、背中の彫り物だって、仲間うちの洒落なんてものじゃないんだよ」

「ふうん」

「それで、どうももう一人、誰かを待っているみたいなんだよ」

「どうして？」

「今日、帰りぎわに、こんなこと言ってたんだよ。遅えなあ。もうちっと待ってみようか。待つしかねえやな、四人そろわねえことには、って」

「へえ。いつから来てるの？」

「この正月明けから。いままで見たことない人たちだよ」

「そうか、でもなあ」

「どうしたの、小鈴ちゃん？」

「お九さんのとこはちゃんと男女がわかれてるしね」

江戸の湯屋は混浴のところもあるが、お九の湯屋はしっかり壁で区切られている。のぞき見できるような隙間もない。

「あ、見たいんだ？」

「そりゃあ、面白そうだもの」

「物見高いよなあ、小鈴ちゃんは」

「そうなんだよ。でも、面白そうなことは、いちおう見ておきたいじゃないの」

「危ない目に遭わなきゃいいけどな」

甚太は心配そうに言った。

「ねえ、小鈴ちゃん。番台にのせてあげようか？」

「え」

「番台からなら丸見えだよ」

「それはそうだろうけど」

さすがに恥ずかしい。

「かまわないよ」

「ちょっと、それはね」

「おいおい、お九さん。小鈴ちゃんに変なことさせるなよ」

甚太がそう言うと、甚太の友だちで太鼓職人の治作《じさく》が、

「そうだよ。おれがかわりに上がってやるよ」

と、にやにやしながら言った。

「ばあか、治作はそこらの屋根の上にでも上がってな」

「なんだと、このお九」

「ほらほら、やめなよ、二人とも」

結局、湯屋の前で待って、外で見ることにした。

星川勢七郎は八丁堀の倅《せがれ》の家に来ていた。

以前からたまには家に顔を出してくれと言われていたが、忙しいのを理由に受け流してきた。今度はどうしても報せたいことがあるというので、気は進まなかったが顔を出したのである。

こういうところが、昔から偏屈と言われるゆえんなのだろう。

もっとも星川は、偏屈だの変人だのという誹謗《ひぼう》には慣れてしまって、近ごろはまったく気にしない。守るべき決まりごとは別として、皆が他人と同じように暮らさなければならない意味など、五十数年生きてきて、ほとんど見つからなかった。

「じつは父上、おみつに子ができました」

喜八郎《きはちろう》は嬉しそうに言った。

内心では、「げっ」と思った。が、それはやはり、口にできない。

「それはめでたい」

とは言ったが、あまりめでたそうでないと、二人とも感じたのではないか。しかし、つまりは祖父《じい》さんになるということだろう。なにが嬉しいのだと言いたいくらいである。

「父上、ご酒を」

「うむ」

盃《さかずき》を持つと、おみつはとっくりを持とうとして手をすべらせ、皿の上に落とした。

酒が飛び散り、皿の割れる大きな音もした。

「あ、とんだ粗相を」

「よいよい」

とは言ったが、おみつは散らかったお膳《ぜん》ごと、慌てて台所に持っていった。

「おみつは緊張しているのですよ」

「なにをそんなに？」

「父上に嫌われているのではないかと心配しているのです」

「嫌われている？」

「ここを出ていってほとんど帰ってこないので、近所からも言われたりするみたいです」

「ふん。これはわしの性分だ。だいたい、そなたもおみつも、そんなことを気にしすぎるのだ」

喜八郎は、母親のほうの性格を受け継いでいるのだろう。

死んだ妻は、他人に気を使いすぎて、自分で心労をつくっているようなところがあった。頭痛持ちで、ある晩、ひどく頭が痛いと言ったきり亡くなってしまったのだが、もうすこし大雑把な生き方をしていたら、持病の頭痛も和らげられたのではないだろうか。

ただ、倅の嫁にそこまで気づまりな思いをさせているのだったら申し訳ないことである。

——次に来るときは、嫁の喜ぶものでも買ってきてやるか。

と、思った。

そんなことを考えながら酒を飲んでも、なかなか酔いがまわらない。そろそろ腰を上げたくなってきた。

「ところで、そなた、大坂で起きた大塩平八郎の乱のことは聞いているか？」

「ああ、このところ、奉行所でもちらほらと……」

と、喜八郎は微妙な顔をした。

「なんだ？」

「上のほうの思惑や反応はさまざまみたいです。いま、勘定奉行をなさっている矢《や》部《べ》定謙《さだのり》さまが大坂西町奉行のとき、直接、大塩平八郎と話をしているそうです」

「ほう」

「矢部さまは、大塩の言い分をもっともだと評価し、乱を起こそうとしたことはともかく、言い分については検討すべきだというお考えだといいます」

「うむ」

矢部という人物のことは知らないが、検討することは必要だろう。

「だが、真っ向から反対される向きも。とくに本丸目付の鳥居耀蔵さまは言語道断であると。検討することさえ幕府の弱腰を示すことになるとご立腹だそうです」

「鳥居耀蔵さま……」

やはり、その名が出てきた。星川の喉《のど》のあたりにえぐみのような嫌な感じがこみ上げた。

「しかも、大塩平八郎は生きていて、江戸に入ってきたというような噂《うわさ》がありまして」

「本当なのか?」

「いや。嘘に決まってますでしょう。かならずそういうことを言いふらすやつらがいますのでね」

それはそうなのだ。ねずみ小僧のときも処刑されたあとにそうした噂が出て、町人たちが「じつはねずみ小僧は二人いた」などと、まことしやかに言いふらすのに閉口したものだった。

「ふむ。だが、そうした噂が耳に入れば、いちおう動かざるを得まい？」

「いちおうは。父上もそんな話を？」

「ちらりと小耳に挟んだだけだがな」

「人騒がせなやつらです」

喜八郎はつまらなそうに言った。


翌日——。

小鈴は店を開ける前に、お九の湯屋に行き、そのまま湯屋の前でお九と立ち話をしながら、例の三人が来るのを待った。

最初に小柄でやたらと目つきの悪い男が来ると、

「あいつ、カエルを彫っているやつ」

と、お九はできるだけ口を動かさないようにして言った。

「カエルの目つきも悪いの？」

あまりの目つきの悪さに、小鈴はつい訊いてしまう。

「彫り物自体はそんなに怖くはないよ。ガマガエルだけどね。もうすこし小さかったら、むしろ可愛いものだと思うよ」

「そうなんだ」

あんな目つきの男が、自らすすんで可愛い彫り物など背中に入れるだろうか。

それからまもなく、今度は逆のほうから来た。

「カニだよ、カニ」

「へえ、あれが」

こぎれいな恰好で、顔も荒くれ者という感じはまるでない。札差《ふださし》あたりでそろばんでも弾《はじ》いているのが似合いそうだが、催促のときは血も涙もないだろう。

「ヘビが来た、ヘビが」

三人目の男は角を曲がってきた。

やって来る方向は三人とも別々なのだ。

「そう聞いたからかもしれないけど、なんだか座るときもとぐろを巻きそうだね」

小鈴がそう言うと、

「ぷっ。ほんとだ」

と、お九は笑った。

たしかに三人とも、真面目にこつこつと生きているふうには見えない。

二

次の晩――。

星川勢七郎は店の中の目立たないところに腰をかけ、そろそろ稽古に出ようかと思っていた。一昨夜、八丁堀からのもどりは遅くなった。泊まっていけというのを、用があるからと帰ってきてしまった。

ここに来る前は、芝の小間物屋まで足を伸ばし、次に倅の家に行くとき渡すつもりの嫁のみやげを物色した。

ところが、そんなことはしたことがないから、なにがいいのかさっぱりわからない。匂《にお》い袋などを手にしていると、手代から「花魁にですか？」などと声をかけられた。「違う」と言えば、「お妾《めかけ》？」と訊かれる。「倅の嫁に」と言ったら、妙な顔をされてしまった。嫁の匂い袋を買う舅《しゅうと》というのも、たしかに変なのかもしれない。

嫁のおみつは、小鈴とそう歳も違わないはずである。なにがいいのか、小鈴に訊くか、などと思っていると——。

戸が開いて、見たことのない顔の客が入ってきた。取り澄ました顔だが、いかにも冷酷そうな感じを受ける。

「あれ、あいつ……?」

星川はさりげなく、男の見えないところに身体をずらした。

小鈴のほうも緊張した顔でお九と顔を見合わせた。

男は一通り中を見渡した。

「酒はいくらだ?」

「そこに書いておきましたが、一合で二十文いただきます」

「高いな」

「いい酒を置いてますので」

「ふん。じゃあ、一本だけもらうわ。肴はいい。塩でも舐《な》める」

「わかりました」

小鈴はさりげないようすでもどってくると、

「さっき話していた男ですよ」

と、星川に言った。

店を開ける前に、お九の湯屋に現れた彫り物の男たちの話はしてあったのである。

そいつが飲みに来た。

お九が樽《たる》をずらし、男に背を向けて星川のほうに近づいた。

「あたし、あいつらが来るとき番台にいるから、顔を覚えられてるかもしれないんで」

「別にいいだろう、番台の姐《ねえ》さんが顔を覚えられたって」

「そりゃそうですけど、なんか嫌じゃないですか」

「あいつは、なにを彫ってるんだ?」

「カニです。こんな大きな」

と、両手で四角をつくってみせる。

「おいら、野郎に見覚えがあるんだよ。というより、身体の特徴をずいぶん耳に挟んだのさ」

「身体の特徴?」

「ほら、野郎に気づかれないまま、左の耳を見てみな。耳たぶのところが千切れたみたいになってるだろ」

「ほんとだ」

「それと、左手なんだけどな、ちょっと手首のところがねじ曲がったようになってるのがわかるか?」

「うん。わかるよ」

「顔のほうは、うすぼんやりとしか覚えていねえが、たぶん間違いねえ。芝に大田《おおた》屋《や》という紙問屋があって、そこの手代《てだい》の一人だった」

小鈴もさりげなく近づいてきて、星川の話を聞いている。

「その大田屋が押し込みに入られた。盗まれたのは五千両」

「凄い」

「おいらはもう、定町回《じょうまちまわ》りからは外れ、検死役になっていたが、前に芝界隈を担当していたこともあり、援軍として駆り出された」

「いつのこと?」

「ちょうど二年前だ」

「でも、捕まえられなかったんだね？」

「下手人はわかった。松の内の里右衛門《りえもん》と綽名《あだな》があった悪党だった」

「松の内の？」

「そう。一年準備をして、大店の松の内のお屠蘇《とそ》気分が抜けないところを狙うのさ。手口はだいたい同じでな、まず子分が一人、手代として入り込む。これが手引きをするのだ。さらに、里右衛門は取引先になって、その店に出入りする。もっとも、そういうことは里右衛門が捕まってからわかったことでな」

「捕まったんですか？」

「ああ」

と、星川がうなずいたとき、例の男が立ち上がった。

「おい、ここに置くぜ」

とっくり一本を飲んで、ここは自分にとって居心地のいい店でないと思ったのだろう。

若い女将はいるが、べたべたした色気はいっさい振りまかない。この手の男には、取り澄ましたお高い店に思われたりするのだ。

「あ、はい。ありがとうございました」

小鈴は頭を下げ、

「星川さん。あとを追わなくていいんですか？」

「そうだな。小鈴ちゃんもずいぶん気がつくようになったぜ」

「まあ」

星川は刀を差し、すぐにあとを追った。

「源蔵さんもいいときにいないね」

お九が言った。

「忙しいんだよ」

「番屋に呼びに行こうか」

「大丈夫だよ。星川さんにまかせておきなよ。あれでも、かなりの腕利きだったっていうんだから」

「あれでもね」

女二人が笑い合っていると、星川がもどってきた。

「あれ、行方がわからなくなったの？」

お九が訊いた。

「馬鹿野郎。下の煮売り屋に入ったのさ。なあに、どうせ近くの安宿に泊まってるんだ。当たればすぐにわかるさ」

「星川さん。里右衛門っていう悪党は捕まったんでしょ？　子分のほうは捕まえなかったんですか？」

と、小鈴が訊いた。

「里右衛門は、その前の年の押し込みのことで捕まって処刑されたんだよ。そっちは、子分も全員捕まっている。だが、芝の押し込みについてはわからずじまいだったのさ」

「そうなの」

「裏口が壊されていたので、当初、手引きしたものが中にいるとは考えなかったのさ。だが、おいらは手代が臭いと睨《にら》んで、話を訊いたりしていた。店の中で縛られたりしてたのは一人だけじゃなかったが、おいらはあいつが臭いと思ってたよ」

「凄い、星川さん」

お九がいかにもお世辞っぽく言った。

「へっ。逃がしておいて凄いもへったくれもねえや。だが、証拠はなかったし、あんときはどうしようもなかったのさ」

「そうだったんですか」

「押し込みに入ったのは、里右衛門のほか、三人いた。あいつが手引きした手代だとすると、湯屋に来ている二人は、外から入った三人のうちの二人かもしれねえ」

「怖いよ」

と、お九が肩をすくめた。

「あと一人来るのを待ってるのか」

「あ、そうですよ、星川さん。そう言ってたもの。待つしかない。四人そろわないと駄目だみたいなことを」

「そうか」

お九の言葉に星川は考え込み、

「もしかして、あの彫り物に、隠し金のありかが刻まれているのかもしれねえな」

ふっと顔を上げて言った。

「なんですって？」

「あれは、ただのヘビやカニじゃねえのさ。なにかの合図みたいになってるんだな。それで、四人そろうとわかるんだ」

「でも、絵ですよ。地図とかは彫ってないですよ」

「だから、その絵柄がじつは深い意味があるのさ」

「へえ」

「うん。当たってるかもしれねえ」

　星川は自分でうなずき、

「頭領の里右衛門は五千両を隠し、ほとぼりが冷めるまで、頭領を除いて皆、二年間、江戸を離れることになったのさ。二年というのはいいところだ。人の顔なんぞも忘れてしまうし、奉行所のほうも忙しさにまぎれ、調べは次第に雑になってしまう」

「じゃあ、分け前は？」

「すぐには分配しなかったんだろうな」

「子分たちはよくそれで納得しましたね。一刻も早く金を手にして、上方なりどこへなり、逃げてしまいたいんじゃないですか？」

小鈴が疑問を口にした。

「大金てえのは足がつきやすいんだよ。しかも、あの手の連中ってのは、つい余計なことを洩《も》らしたりするからな」

「そうなんですか」

「里右衛門の睨みも効いていたのさ。なまじの頭領ではいそうですかと、おとなしく言うことを聞く連中じゃねえからな」

「ヘビやカエルがね。よく見ると、絵図面になっていたりするんでしょうか？」

と、お九が訊いた。

「そうかもしれねえぞ」

「あの人たち、お互いのことを知らなかったみたいですよ」

「ああ。それは里右衛門の手口なんだ。仲間を知っているのは自分だけ。その日に顔を合わせるが、夜だし、覆面をしてたりするのさ。そのほうが、逃げるときにはいいんだよ。しかも、仲間から裏切られることもねえ」

「用心深いんですね」

「だが、里右衛門は律義なことでも悪党たちに知られていた。だから、自分が捕まって処刑されたとしても、子分の名は明かさねえし、金の隠し場所もわかるようにしておいたってわけだ」

「それにしても、ずいぶん、面倒なことをしたものですね」

「そうよな」

「紙に描いたものをそれぞれに渡しておけば済むような気もしますが」

「だが、二年は長いぜ。紙だったら、破けたり濡《ぬ》れたりして、見えなくなるかもしれねえ。彫り物にしておけば、その心配はなくなるし、無くしたり、忘れたりすることもねえ。しかも、初めて一堂に会するときも、わかりやすいわな」

「たしかにそうですね」

松の内の里右衛門は、ちょっと変わった悪党だった。洒落を好んだ。いかにもあの男ならやりそうだった。

星川はお白洲《しらす》でこの男を見ている。裁きのやりとりの途中でも冗談をいい、周りの反応をたしかめるような男だった。

「お九さん。その絵柄を描いてみせてよ」

小鈴は紙と筆を持ってきた。

「え、うまく描けるかなあ」

と言いながらも、描きはじめた。

常連客も面白そうにのぞき込む。

「なにやってんだよ」

「ないしょ。知らないほうが身のためだよ」

「教えろよ」

「これは駄目ですよね」

「ああ。噂になっても困るんでな。なに、近いうちにわかるから教えてもらいな」

元八丁堀同心の星川に言われたら、諦めざるを得ない。

と、そこへ――。

「腹が減ったの、なんのって。小鈴ちゃん。あの小鈴どんぶり頼むよ」

と、源蔵がもどってきた。小鈴どんぶりとは、小鈴が工夫した卵かけご飯の凝ったやつだが、源蔵はやたらと気に入って、三日に一度は食べたくなる。別に小鈴どんぶりと命名したわけでもないのに、源蔵は聞かないでそう言い張っている。

「小鈴ちゃん、お九さん。源蔵にいままでの話をしてやってくれ」

「え？　あたしたちが？」

「大丈夫。あんたたちなら、おいらよりうまく伝えられるから。ちっと稽古してもどってくるよ」

　星川はそう言って、外に出ていった。


　大塩平八郎は庄屋の家にいた。

　当初は若い百姓たち四人と、この庄屋に取り囲まれ、この家に連れてこられた。

　牢ではないが、しかし、刀は取り上げられ、見張りがついていれば、やはりこれは幽閉というやつだった。

「気づいたのですな？」

　と、庄屋は言った。

「ああ。気がついた。あれはマリア地蔵と呼ばれるものであろう」

　大塩は惚《とぼ》けたりせず答えた。

「幕府の隠密《おんみつ》か？」

「隠密ならもっとひそかに探る。あんたたちに接触したいから、こっちから近づいたのではないか」

「…………」

　庄屋は、若者たちと顔を見合わせ、小さくうなずいた。

「このあたりに隠れキリシタンが少なくないというのは知られているぞ」

「…………」

「たぶん、幕府だってわかっている。ただ、いまのところあんたたちは暴動を起こす気配もなければ、これ以上、キリシタンの教えが広まることはないと踏んで、寝た子を起こさずにいるだけだろうな」

　じっさい、大塩はそう思っている。

「わしらが、その隠れキリシタンというものなのか、それはわかりませんな……」

　庄屋は慎重な口ぶりで言った。

「だが、本当にそうであったとしたら、そのことを知った者を帰すわけにはいかないのではないですか？」

「わたしを脅さなくてもいい」

　大塩はまっすぐ庄屋の目を見て言った。

「え？」

「わたしはすべて腹を割って話している。むろん、危険も覚悟してきた。だから、脅すなどというまどろっこしいことはしなくてもよいと言っているのだ」

「なにをおっしゃりたいのでしょう？」

「ともに立とうと言っているのだ。ともに戦って、いまの幕府のまつりごとをひっくり返しましょうというわけさ」

「なんと」

あまりに率直な言葉に、庄屋は唖然《あぜん》とした。

正直に話そう、そう思ってやって来た。腹の探り合いなど時間の無駄だと。

「いつまでも、こうしてこそこそとあなたたちが信じる神をかくまっていくつもりですか？　それはむしろ、神に対して失礼ではないのか？」

「失礼だと？」

「そうでしょうが。まるで神を、罪を犯した下手人扱いではないですか？　なぜ、信教の勝手を戦って勝ち取ろうとしない？」

「わしらはなんの武器も持たぬ百姓だぞ」

「百姓も一揆《いっき》を起こしたりするではありませんか？」

「あれは食えなくなるからだ」

「食えれば、神は隠しておくのですか？」

「うっ」

庄屋がたじろいだ。

すると、わきからひかえていた若者の一人が言った。

「お庄屋。やはり、この男は変です。こんなにあからさまに、おのれが謀反《むほん》を意図する者だと言いますか」

「そうだ。おらもそう思う。こいつ、やっぱり幕府の密偵だぞ」

若者たちはいきり立っていた。

三

源蔵はお九の湯に来ていた。

暮れ六つ前。明かり取りの窓から夕陽が差し込んできている。

熱い湯に浸《つ》かり、ゆっくり手足を伸ばしていく。疲労が湯に溶けていく気がする。

ついこのあいだまで、この刻限によく湯に来ていた。暮れ六つ前というのはなにかと忙しい時刻で、湯などは空《す》いているのだ。

岡っ引きになったら、なかなかこの時間には来られなくなった。なにせ、思っていたよりずっと忙しい。

定町回りの同心には、なにかと用を言いつけられる。

そのうえ、町を歩けばいろんな相談を持ちかけられる。かんたんな相談ごともあれば、大店のあるじあたりは競争相手の告発なども持ち込んでくる。そんな頼みのときは、袖の下に光るものを入れようとする。

もちろん、こんな頼みをいちいち聞いてはいられない。相手に恨まれたりしないよう、やんわりと断わるのだが、それだけでも疲れる。

あまり出かけずに、番屋あたりで油を売っているのがいちばんなのかもしれない。

だが、源蔵はやはり根が勤勉なのである。

ついつい町を回っては、やらなくてもいいような仕事を抱え込んでいた。

ただ、襲撃についてはぴたりと治まっている。

平手造酒が斬ってくれた男が、最後の敵だったのか。

あるいは、もう瓦版はつくらないとわかったからなのか。

どっちにせよ、源蔵が十手を持ったのは、襲撃を避けるうえでは役に立っているはずである。

いかに強大な力を持った者でも、十手を持った者に危害を及ぼせば、ことは面倒になる。奉行所の連中は、ふだんたいして仲の良くない者でも殺されたりしたら急に仲間という気持ちが芽生えたりするのだ。

じっさい、あのへちまの茂平《もへい》殺しもいま、くわしい調べがつづけられている。星川のほうから、襲われて倒した二人の男が、茂平殺しの下手人ではないかと届け出ていて、その検証も定町回りの佐野《さの》章二郎《しょうじろう》が進めることになっている。まもなく源蔵はそっちでもこき使われることになるはずだった。

この機に乗じて、逆にこっちから大塩の件にも踏み込むことができるかもしれないのだ。

――駄目だ、調子に乗っちゃいけねえ。

源蔵は自分の性格をいましめる。星川からも注意して動くよう、しつこいくらいに言われているのだ。

――ん？

つい、ぼんやりしていたが、いま、湯船に入ってきた男の背中にヘビの絵柄があるではないか。

この男らしい。

男はつねに周囲を気にする暮らしが身についてしまっているのだ。源蔵の顔やようすをたしかめ、さらに湯船全体を注意深く見た。

源蔵は急いで背中をのぞき込んだりせず、薄目を開けてじっくりと男を観察した。

背が高く、痩せている。表情は冴《さ》えない。疲れを感じさせる。

もし、星川が言っていたとおりだとしたら、この男は二年の逃亡暮らしをつづけてきた。疲れ、うんざりしてきているのは当然である。早く分け前を手にして、安心したいところだろう。

まもなく、別の男がやって来て、

「よう」

と、ヘビの絵柄の男に声をかけた。

「ああ」

ヘビの男はうなずいた。

さりげなく見ると、カエルが背中に彫ってある。児雷也《じらいや》でものせればいいのに、カエルだけの図柄になっている。

「まだ来てねえか？」

と、カエルがヘビに訊いた。

「ああ、まだだな」

「遅いね」

「なんかあったのかもしれねえな」

「だったら、どうしよう？」

「三つで考えるしかねえだろうよ」

ヘビはふてたように言った。

「あ、カニだ」

カエルが入口のほうを見て言った。湯船と洗い場のあいだにはざくろ口と呼ばれる仕切りがあり、下をくぐるようにして出入りする。だが、湯船に顎《あご》まで浸かれば、洗い場のほうまで見ることができる。

「あいつも、苛立《いらだ》ってきてるみてえだ」

この男たちは互いに名を呼ばない。たぶん、知らないのではないか。

カニはすぐに湯船のほうに来ず、洗い場で先に身体を洗いはじめていた。

「おれは、ナメクジのような気がするけどな」

と、カエルが低い声で言った。

「それでわかるか？」

「まだ本気で考えちゃいねえ」

「明日も来なかったら、それで考えるか」

二人は湯船を出て、洗い場のほうに行った。

源蔵はいささかのぼせてきたが、こっちからのほうが見張りやすい。

三人はとくに話をするでもない。親しげなようすもまったくない。やはり、星川の推量は完全に当たっているのだろう。

松の内里右衛門。この泥棒のことは源蔵も知っていた。一度は、押し込みのことを瓦版に書いたこともある。

その里右衛門に声をかけられ、互いに知らないまま押し込みを働いた四人。そのうちの三人がもう一人を待っているのだ。

三人は二階の休息場にはいかず、洗い場のほうでゆっくりしていたが、明かり取りの向こうが青くなってきたころ、ばらばらに出ていった。

番台にいるお九が、源蔵と目を合わせ、軽くうなずいた。合図というよりは、「ご苦労さま」くらいの意味だろう。

源蔵は、一人のあとをつけてみることにした。

背が高いので見逃しにくいヘビのあとを行く。

永坂を下ったところにある安い木賃宿に入った。ほかの二人も似たようなところにいるに違いなかった。

湯に浸かりすぎて、しわしわになった手をこすりながら、源蔵は一本松坂の〈小鈴〉にやって来た。

のれんは出してあるが、暮れたばかりでまだ客はいない。

小鈴と星川、日之助が調理場の樽に腰をかけている。すべて準備を整え、忙しさが始まる前のときである。四人でいろいろ話し合う時間にもなっていた。

ただ、今日は三人とも腕組みをして、なにか考え込んでいるようすだった。

「よう、どうだった？」

と、星川が訊いた。

「四人目は今日も来ませんね。あっしも連中を見ながら、いろいろ考えました。盗み聞きもしました。星川さんの推量は間違いありません。あいつらは、宝のありかを探しているんですよ」

「だろう？　ついては、日之さんが面白いことに気づいたぜ」

星川は日之助に話すよううながした。

「わたしも、おそらくもう一人はナメクジだろうとは思ったので、紙に書いて考えているうち気づいたんですが、ヘビもカエルもナメクジも、漢字で書くと虫という字がつくんですよ」

「あ、ほんとだ」

源蔵は瓦版の記事を書いていたくらいだから、漢字もよく知っている。すぐにぴんと来た。

「いちおう、見てください」

と、日之助は漢字を書いた紙を広げた。

蛇《へび》。

蛙《かえる》。

蛞蝓《なめくじ》。

三つ並んでいる。繊細さを感じさせる上手な字である。

「それで?」

「それで、カニという漢字も書いてみますね」

日之助はそれを隣に書いた。

蟹。

「これも、虫が入ってるでしょう」

「ほんとだ!」

源蔵もこれには驚いた。

「しかも、カニの虫の上は、解くという字です。わたしは、こりゃあなんかあると思ったのです」

「早く、そのつづきを言ってよ、日之さん」

と、小鈴がうながした。

「それで、三すくみのほうの字をじいっと見てたら、ヒというのと、土と、口という字が見えてきたんです」

「あ、なるほどな」

源蔵もいろいろ頭をめぐらしはじめた。

「それで考えたんです。ヒと土と口に関わるものを」

「うん」

「わからないんですよ、これが」

「なんだよ」

「いくら考えてもわからないの。源蔵さんもいっしょに考えて」

入って来たとき、三人は考えているふうだったのも、これのことだったらしい。

「すぐには思い浮かばねえ。考えさせてくれ」

源蔵は腕組みして、

「ううむ」

と、考え込んだ。

大塩平八郎は、江戸に向かって歩いていた。

結局、庄屋の家には十日ほど閉じ込められていた。

仲間たちはさぞや心配しているだろう。

三が日のうちは、向こうが大塩を尋問するような雰囲気だった。幕府の手の者ではないかという疑いがあったからだ。

だが、大塩平八郎という名を誰かがたしかめてきたらしく、今度は逆の意味で怯えるような感じになった。

「もう、帰ってくれ」

と、言い出した。

「ともに戦う約束をしてくれるまでは帰らぬ」

大塩は強く出た。

「わしらは怖い」

庄屋はそう言った。

「怖い？」

「そんなことは怖《おそ》ろしくてできぬ」

それが本音だった。

あまりにも長く秘密裡《り》の信仰をつづけてきたため、ひたすら隠れること、しらばくれることが身についてしまっている。とても、声を上げること、戦うことは期待できそうになかった。

沼田村の隠れキリシタンは動きそうもない。だが、大塩はめげてはいない。

そのかわり、思わぬ話をつかんだのだ。

早く仲間にその話を伝えたくて、大塩は飛ぶように街道を歩いていた。

四

翌日――。
寝不足のまま源蔵が〈小鈴〉に行くと、すでに星川と日之助は出てきていて、店の手伝いをしていた。

日之助は肴の仕込みをするが、星川は帳簿の整理を手伝っている。勘定は苦手だと言っていたが、足し引きくらいはできるでしょうと小鈴に言われ、仕方なく担当させられるようになったのだ。

「よう、源蔵。ぼんやりした顔だな」

「昨夜、寝てないんでね。例の日之さんの謎を考えはじめたら、すっかり眠れなくなっちまった」

と、源蔵は言った。嘘ではない。ヒと土と口の字を睨みながら、どれだけいろんなことを考えたことか。

「そうか。おいらはそっちは早々と諦めて、別のことを考えていたら、面白いことを思いついたぜ」

星川がそう言うと、小鈴と日之助は源蔵を見てうなずいた。二人にはもう話してあるらしい。

「なんだい、星川さん？」

「いやな。もし、ずるい野郎がいたらな。湯屋で顔を合わせる前に考えるんじゃねえかな」

「なにを？」

「三人の前に姿を現さず、背中を見るのさ。それだと、自分は一人だけ、謎が解けることになる」

「ほんとだ。凄いぜ、じゃあ、どこかで裸を見てるんだ！　だから、なかなか姿を現さずに、三人が諦めていなくなるのを待ってるのかな」

「ああ。それでいま、お九に訊いてきたのさ。そういうところはないか？　ってな」

　と、星川は言った。

「そういうところ？」

「ああ、裸をのぞけるようなところだよ。あるかもしれねえとさ。女のほうは、のぞいたりできないように、節穴はちゃんとふさいだり、隙間がないようにしたり、気をつけてるけど、男のほうは穴が開いていようが、隙間があろうがうっちゃりっぱなしだそうだ」

「そうだろうな」

「じゃあ、今日あたりは見張りますか？　あの連中が来ているのをのぞくようなやつがいるかどうか」

「ああ。おいらも手伝うぜ」

「いや、星川さんはやめたほうがいい。たまたま野郎には見咎められなかったけど、ほかの連中は腕利きの定町回り同心を覚えているかもしれねえ」

「世辞はさておき、顔は覚えられてるかもしれねえな。じゃあ、それはあんたにまかせるぜ」

星川は勿体《もったい》ないとでも言いたいような顔で言った。


ところが――。

暮れ六つあたりになって、源蔵は落胆したような顔でもどってきたのである。湯屋のお九もいっしょである。

「のぞいてるやつはいなかったかい？」

と、星川は訊いた。

「いないねえ。てめえの彫り物は見られたら困るから、裸にはならねえよな。とすると、湯屋には入れねえってことだ」

「まあな」

「外からのぞくしかねえ。だが、そんなやつは見当たらなかった。それに、のぞけるような節穴もなかったな」

「うちは、こう見えても、ちゃんとしてるのよ」

お九はとんちんかんな自慢をした。

「どこか遠くにいるのかね？」

星川がそう言うと、

「まさか、女ってことはないですよね？」

と、小鈴が言った。

「女はねえだろう。着想は面白いけどな」

「あっ」

と、急にお九が声を上げた。

「どうした？」

「うちの湯屋に五日ほど前から下働きの男を雇った。まさか、あいつ」

「いや、そいつだ」

星川は決めつけるように言った。

「まだいるのかい？」

源蔵が訊いた。

「ええ。さっきも薪《たきぎ》集めに出るところでしたが」

「でも、まだいるっていうのはおかしくない？　もう、見ちゃったはずでしょ？」

と、小鈴が言った。

「じゃあ、まだ、わからねえんだろうな。謎が解けねえんだ」

源蔵は嬉しそうに言った。

「たしかに難しい謎ですからね」

と、日之助が言った。

「とりあえず、四人ともふん縛りますか？」

源蔵が星川に訊いた。

「おいらに訊かれても困るぜ。もう同心じゃねえんだからな」

「そりゃそうだ」

「ただ、ふん縛っても、隠していた金が出なければ、証拠もねえはずだ」

「となると、釈放せざるを得ませんね」

やはり、しっかりした証拠がなければ、お裁きもうまくいかない。あいつは証拠もないのに面倒な裁きを持ち込んだと、逆に叱責《しっせき》される。

「じゃあ、こっちが先に隠し場所がわかればいいんでしょ」

と、小鈴が言った。

「そういうことだ」

「解いてやろうじゃないの、その謎を」

小鈴はこぶしを握り、力を入れるようなしぐさをした。

「でも、その前に、下働きの男の背中の彫り物をたしかめなくちゃならねえ」

星川がそう言うと、

「あたし、見てくるよ」

お九はさっそく行こうとする。

「なんかあったらまずいよ。わたしもいっしょに」

と、日之助が立ち上がった。

源蔵はさっき行ってきたばかりである。日之助は顔を知られていない。

「え、日之さんといっしょだなんて、どきどきしちゃうよ」

お九がからかう調子で言った。

「お前、そういうこと言うなよ。わたしは根が初心《うぶ》だから、どこかで本気にしちまうんだぞ」

「本気にしてくれてもいいよ」

「やなこった」

二人は出ていった。


ところが、二人とも首をかしげながらもどってきたのである。

「わけがわからなくなってきました」

と、日之助が言った。

「はっきり見えなかったのかい？」

星川が訊いた。

「釜焚《かまた》きをしていて、ふんどし一本だったから、よく見えましたよ」

「やっぱり、ナメクジだろ？」

「違うんです。イノシシだったんです」

「イノシシだと？」

星川たちは顔を見合わした。

「じゃあ、三すくみなんか、まったく関係ねえじゃねえか」

源蔵が呆れた口調で言った。

「ええ。しかも、イノシシだと、漢字に虫という字も入りませんしね」

「まいったな」

星川は頭を抱えた。

「やっぱり、釜焚きの男はつながりがねえんだよ。たまたま彫り物のある男が来ただけなんだ」

源蔵が言った。

「いや、あれは絶対につながってますよ。彫り物の絵柄がどれも似てるんです。題材は違うけれど、色合いといい、画風といい、明らかに同じ絵師が、組になるようにつくったものです」

と、お九が言った。

「その男も三人の絵柄は見たけれど、意味するところがわからねえから、立ち去れずにいるんだろうな」

星川が言った。

「じゃあ、しょうがねえ。ヘビ、カエル、イノシシ、カニが金のありかを示しているとして、考えてみるしかねえやな」

源蔵は懐から手帖《てちよう》を取り出し、四つの字を書いた。つねづね、考えるときは、書いたものを眺めるのがいちばんだと言っている。

お九も入れて、五人で唸《うな》った。

しばらくして、

「ねえ、ガマ池ってありますよね」

と、小鈴が言った。正月にここらの麻布七不思議を一めぐりしてきた。そのうちの一つである。

「あるな」

源蔵がうなずいた。

「ガマはカエルじゃないですか」

「まあな」

「ヘビ池とか、イノシシ池とかってないですかね」

「あ」

日之助が目を見開いた。

「なに、日之さん?」

「ヘビ池は知らないが、ヘビ塚は知ってる。善福寺の境内にあった」

すると、お九が叫ぶように言った。

「あっ、あたしはイノシシ岩を知ってるよ! 子どものころ遊んだっけ。暗闇坂を下りて、ちょっと左のほうに行ったところにあるの。こぶりの樽くらいの大きさで、イノシシみたいなかたちをした岩だよ」

「おい、そりゃあ、なんかあるぞ。ちっと、待て。ここらの切り絵図があったよな」

星川が小鈴に訊いた。

「はい。ありますよ」

調理場の棚から持ってきて、縁台の上に広げた。

「ここがガマ池だろ。それで、ここがヘビ塚で、ここがイノシシ岩」

星川が一つずつ指差した。

「あ、三角になりますね」

と、お九が手で三角のかたちをつくった。

「ちょうど真ん中はそこの一本松あたりじゃないですか？」

小鈴がその一点を指差した。

「ほんとだな」

「ちょっと行ってみようぜ」

そろそろ客が来る刻限だが、日之助が留守番を引き受けたので、四人でぞろぞろ一本松に行った。

あたりは当然、真っ暗だが、お九のほかは皆、提灯《ちょうちん》を持ってきたので、足元はよく見えている。

「この松の木の根方に埋めたってか？」

星川は疑《うたぐ》るような口ぶりで言った。

「ちょっと待ってくださいよ」

と、源蔵が十手の先で地面を削ったり、叩いたりしてみて、

「根っこが張ってるから、ここらを掘るのは大変そうだがな」

「それに、じゃあ、カニはなんなんだよ？」

「ちょっと待って」

小鈴が前に出た。

「ここんとこ」

と指を差したのは、松が生えているところの横のほうである。

一本松は、大名屋敷の角のところをすこし削ったような土地に立っている。だから、後ろっかたは海鼠《なまこ》塀に囲まれるようになっている。ただ、暗闇坂とのあいだにもう一本道があり、これは坂道になっている。その坂道と、塀のあいだに土地の空きがあり、それは細い道になっていて、途中で途切れるかたちになる。

小鈴はそこを指差していた。

「ここになんかありそうか？」

源蔵が細道に立った。

「途切れるところまで行けます？」

小鈴が訊いた。

「行けないことはない。横伝いに行けば」

「カニって、横歩きをしますよね」

「あっ」

と、皆が声を上げた。

「どれどれ」

源蔵が横歩きをした。

段差は次第に大きくなり、途中から石垣が組まれている。行き止まりのあたりだと、坂道にいる星川の首のあたりになる。小鈴は小柄だから頭の上である。

「ん？」

源蔵は行き止まりの手前で足を止めた。

「どうした？」

下から星川が訊いた。

「丸い石が埋め込んであります。まるで目印みたいですね」

「こっちの石垣だが、待てよ、真ん中のあたりのやつは外せそうだぜ」

星川はそう言って、目の高さにある岩を揺さぶりはじめた。

「一人で大丈夫ですか？」

「ああ。たぶん、ここに入れたとしたら、それも一人でやったんだろうからな」

「そうでしょうね」

星川はゆるそうな石垣を引っ張って外した。平たい石で、見た目ほどには重くなかったようだ。

「小鈴ちゃん。提灯を」

小鈴が差し出して、すぐに、

「あっ」

と、言った。

千両箱ではない。丈夫そうな布の袋が見えた。持たなくても、見ただけでいかにも重そうである。袋は一つではない。

星川が一つ、取り出した。

「こりゃあ開けなくてもわかるぜ。一袋四、五百両は入っていそうだ」

そうは言ってもいちおう紐をほどき、中から一枚、夜目にも眩《まぶ》しい小判を取り出した。

その晩のうち、四人の盗人が次々に捕縛された。

いちばん最初に、お九の湯屋に住み込んだ伍一《ごいち》。イノシシの彫り物の男である。

あとは、麻布界隈の安宿にばらばらに泊まっていた。

ヘビの彫り物の又右衛門《またえもん》。

カエルの彫り物の権佐《ごんざ》。

カニの彫り物の寅吉《とらきち》。

源蔵が並んだ四人に、彫り物の図柄から隠し金のありかを見つけたと嬉しそうに告げると、いずれも歯ぎしりして悔しがったのだという。

橋本喬二郎は、根津の戸田家を出ると、

「ふっ」

と、ため息をついた。なんとも居心地の悪い家だった。

大塩に言われ、戸田吟斎の足取りを追っていた。

まさかとは思いつつ、いちおう吟斎の実家である戸田家を訪ねてみたのだ。

ひどい返事だった。出てきたこの家の嫁に、

「あれはすでに久離《きゅうり》としています」

それだけ言ってそっぽを向かれた。

久離とは、町人たちの勘当である。もはや、その家とはまったく関わりはない。

吟斎もここにはもどってくるわけがなかった。

――やはり、本所の家を訪ねたのだろうか？

姉のおこうは、娘の小鈴をこの戸田家に預けるとまもなくいなくなり、本所の家でしばらく吟斎の帰りを待っていたのだ。

あのころ、吟斎はすでに幕府から目をつけられていた。もっとも先鋭的な蘭学者として、シーボルト事件の際にも暗躍した男として、そしてまだなにか企んでいる男として。

あの本所の家は危険だった。

姉は小鈴をあそこに置きたくなかったのだろう。

喬二郎は姉に何度となく、あそこを出るように言った。

だが、姉は吟斎と所帯を持ったときから、そういう目に遭うのは予想していたのではないか。

橋本の家もまた、姉には冷たかった。喬二郎は何度も、長兄におこうを助けるよう談判した。だが、長兄は聞く耳を持たなかった。吟斎も姉も、ともに実家の持て余し者であった。そういう意味では似た者夫婦だった。

姉は本所の家で二年待った。

そして、吟斎の帰りを諦めたように、新しい行動を起こした。

深川に小さな飲み屋を持ったのだ。

前の家は知り合いに貸した。吟斎の患者だったこともあり、吟斎が訪ねてきたら、その店を教えてくれるように頼んだ。

姉は、飲み屋の女将という仕事を楽しんでいるように見えた。

「喬二郎。飲み屋に来るときの人の顔が本物だなんて言わないよ。昼間、一生懸命働いているときの顔ももちろん本物。でも、緊張を解いたとき、人はいろんな顔を見せる。人が見えてくる。それは面白いよ」

そんなふうにも言っていた。

だが、姉はあの店にやって来た吟斎の知り合いをかくまい、逃亡の手助けをした。

そして、目をつけられた。

姉は突然、深川から逃亡した。

そして、麻布の坂の上に店を移した。

なぜ、あそこに行ったのかはわからない。

「吟斎のことはもう待っていないと思う」

姉はそう言ったことがある。

「あの人にとって、女とか子どもとかはそれほど大事なものではないの。ただ、あの人の夢みたいなものは、あたしにも染《うつ》ってしまったのね」

「夢が染ったのか」

喬二郎は、姉の言葉を口の中で繰り返してみた。

いかにもあの姉が言いそうな言葉だった。たしかに、夢は伝わるというより、染るもののような気がした。

第四章　天狗の飛脚

一

最初に来た客がいなくなって、次の客で店が埋まりかけたころである。

常連の定八《さだはち》が入ってくると、店の中を見回し、

「ようよう、皆さん。今日は凄い男を連れてきてやったぜ」

と、大きな声で言った。

定八のわきに三十くらいの容子《ようす》のいい男がいる。さらにその後ろに、二十くらいの若者が一人。

七人ほどいた客は、いっせいにそっちを見た。

「え、誰だよ?」

「あれ、見たことあるな」

「役者じゃねえだろ」

などと声がしている。

「こちらは日本一速い、天狗飛脚の俊吉《しゅんきち》さんだ」

定八はいかにも自慢げに言った。

「ああ、知ってる」

と、うなずいたのは五人ほど。あとの二人は、そっと首をかしげた。

店のほうでは、星川と日之助は知っていたが、小鈴は知らなかった。源蔵は出かけていていないが、もちろん知っているだろう。

「ねえ、日之さん。そんなに有名なの？」

小鈴はそっと日之助に訊いた。

「ほら。天狗の小さなお面を棒の先にぶら下げて走っている飛脚を見たことないかい？」

「ああ、あれね」

このあたりの坂道でも一生懸命走っているのを見たことがある。

「あれを最初に始めた男だよ」

「へえ」

定八と天狗飛脚の俊吉ともう一人の若者は、店の真ん中に座った。

「天狗飛脚って、なんだか、皆、恰好がいいんだよね」

と、お九が言った。まんざらお世辞でもないらしい。

「そうだろ。だって、おれは見た目のいい若いやつしか雇わねえんだもの」

俊吉は自慢げに言った。

「あ、そうなんだ？」

「いい男でも、彫り物を入れたのは駄目。もちろん、足は速くなければ駄目。ただ速いだけでなく、走っている姿がよくないと駄目。もっとも、こっちは雇ってからでも、手取り足取りして教えられるんだけどな」

「そこまで厳しいんだ？」

「ああ。だって、同じ注文を出すなら、くりから紋々の怖いおやじと、恰好のいいやさしげな若者だったら、どっちにする？」

「そりゃあ、ねえ」

と、お九が笑ってうなずいた。

「だろ？　だから、うちは繁盛してるのさ」

言いようが自信たっぷりである。

どことなく厭味《いやみ》も感じられる。

小鈴は内心で苦笑した。

そう悪い人でもないのだろうが、商売がうまくいき、名前が人に知られるようになって、どこか有頂天になっているのだろう。

「いま、天狗飛脚は何人いるんだい？」

と、常連のご隠居が訊いた。

「こいつを入れて二十三人だな。皆、速いよ。足の速い男は気持ちいいね。足の速い男に悪いやつはいねえよ」

たしかに連れてきた若者も素直そうである。

「でも、天狗飛脚は同業の連中から嫌がらせもされてるって聞いたことがありますよ」

と、調理場から日之助が言った。

すると、俊吉の眉がかすかに曇り、

「そうなんだよ。ふざけた話さ。てめえらはなんの努力もしやがらねえくせに、自分のところの商売が落ち目になると嫌がらせするしかねえ。うちはね、お客の満足を得るためにあらゆる努力をしてるんだぜ。とにかくちょっとでも速く届けるために、走りの稽古はもちろん、江戸中の道を覚えさせるため、毎晩、切り絵図を眺めさせたり、あらゆることをやってるんだ。酒や煙草もひかえさせる」

「煙草もかい？」

と、ちょうど煙草を吹かしていた常連の治作が訊いた。

「当たり前さ。煙草をやめると、走る速さはてきめんに違ってくるものなんだぜ」

俊吉はそう言って、店の中の煙草の煙を外に逃がすようなしぐさをした。

酒を飲みに来たのか、天狗飛脚の宣伝に来たのか、よくわからない。

「だが、天狗飛脚は商売をはじめてからそれほど経ってなかったよな？」

と、星川が訊いた。今日は早めに稽古に行き、すこし前にもどって、茶をすすっているところだった。

「ええ。あれ、どこかでお見かけしたと思ったら、以前、定町回りをされていた旦那じゃないですか」

俊吉は目を瞠った。定町回りの同心は顔を知られているのだ。

「おう、あの節は世話になったな」

「世話だなんて、滅相もねえ。旦那もここの常連でしたか」

「まあ、そんなもんだ」

「ええ、旦那のおっしゃるとおりで、天狗飛脚をはじめたのは三年前です」

「てえことは、たった三年で二十三人も人を使うようになったたってわけだ。てえしたもんだぜ」

「いや、なに、それはこいつらのおかげですよ」

と、わきの若者を指差した。若者は、照れたような、困ったような表情を浮かべた。

「たった三日で江戸と大坂を往復したってえのが売りなんだよな」

星川がそう言うと、客の何人かはうなずいた。

「うちの店の前にも大きく書いてますよ。江戸、大坂。往復たったの三日ってね」

「ほんとなのか？」

星川は疑わしそうに訊いた。

「旦那、嘘なんかじゃありませんぜ。ただし、やったのは一度だけです」

「でも、その手の快挙は一度やれば、ずっと売りにできるからな」

星川がそう言うと、周りの客もうなずいた。

「いまは疲れるので、特別注文の最速で六日ということにしています」

「六日でもたいしたもんだ」

「でしょ?」

俊吉は自慢げな顔をした。

「でも、三日というのは、にわかに信じられねえよな。だって、往復だろ?」

「いや、旦那、ほんとにしたんですから」

「いつごろ出発したんだよ?」

「日にちは忘れました。たしか、春先のいい季節でした。その夜明け、まだ薄暗いころにここを出ました。もっとも、翌朝早くに、京都まで行ってもらうとは前の日に言われていたんですけどね」

「それで、もどったのは?」

「次の次の日の夜でした」

「てえことは、二晩か。二泊三日か」

「二泊ったって、ほとんど寝られませんよ。途中、道端で何度か仮眠を取っただけでしたから」

「荷物はなんだった？」

「書状でした。七条屋《しちじょうや》さんていうお茶の問屋が、芝にありますでしょ？」

「ああ、京都の出店だろ」

有名な店である。ここのお茶を飲むと、肌にきれいな緑色が現われるという噂もある。それくらい、清々《すがすが》しいお茶ということなのだろう。

「その七条屋さんが、京都の本店に催促の書状を出したんです。たぶん、これこれの数の茶箱を送ってくれだのどうのというものでしょう。それを届けて、返事をもらってくることになっていたんですよ」

「なるほどな」

と、星川はにやりと笑った。

「あれ、なんです、その笑いは？」

「分けたんだろ？」

「分けた？」

「そう、何人かで引き継ぎながら走ったんだよ。たしか、江戸から京都までは百二十七里だ。一人でここを走り切るのは無理だが、一人が十里くらいずつ走り、荷物を受け継いでいくのさ」

星川がそう言うと、

「そりゃあ、昔からあるんだよ。昔は駅伝といった。いわゆる伝馬《てんま》方式を人がやったってわけだな」

と、常連のご隠居がうなずいた。

すると、俊吉は笑った。

「あいにくですね、旦那方」

「なんでだ？」

「京都の本店の旦那はあっしのことを可愛がってくれてましてね。あっしの顔をよく知ってるんですよ」

「え」

「だから、あっしが届けて、返事をもらったことも明らかなんでさあ」

俊吉は自信たっぷりに言った。

そうなると話は違う。七条屋ほどの老舗《しにせ》が、飛脚の嘘に話を合わせるわけはない。本店と出店の話が合ったからこそ、俊吉の自慢をそのままにしているのだろう。

「そりゃあ、まいった」

星川が腕組みして、小鈴や日之助を見た。

小鈴も小さくうなずいた。

小鈴は箱根まではあるが、京都までは行ったことがない。その箱根にも一日ではたどり着けなかった。箱根は十番目の宿。その先、五十三番目の大津の次が京なのだ。

片道十四、五日で行く。そのまま引き返しても、二十八から三十日。それを三日で行って帰ってきたというのは、やはり信じられない。

小鈴もその裏を探ろうと、頭をめぐらしはじめたとき——。

「お頭、ここでしたか」

若い男が入ってきた。

「どうした？」

俊吉が手を上げた。

「なんと、江戸と京を一日で往復したとぬかす飛脚が現われました」

「なんだとぉ」

「朝、夜明けと同時に京都へ向かい、その日の暮れ六つにはもどってきたというんです」

「そんな馬鹿な」

「しかも、その飛脚というのは、矢之助《やのすけ》の野郎でして」

「あの野郎……」

俊吉はそう言って、眉をひそめ、考え込んだ。

「よし、わかった。おれが直《じか》に話をする」

と、立ち上がった。

「頭、おれも」

店にいっしょに来ていた若者も立ち上がった。

「いや、おめえはいい。定八さんと付き合っていてくれ。ただ、飲みすぎるんじゃねえぞ」

「わかりました」

俊吉は、星川に軽く会釈をし、今宵はわりと暖かな闇の中に出ていった。

俊吉が出ていくと、

「矢之助ってのは誰なんだ？」

星川が若者に訊いた。

「このあいだまで、お頭のところで働いていた人です。最近、やめて自分の店を持ったのですが、やたらとお頭に対抗するようなことを言いふらしているので、お頭は腹立たしく思っているみたいです」

「しかし、そいつは馬鹿だな」

「え？」

「俊吉の三日で往復というのは、あいつならやれるかもしれないと思わせるぎりぎりのところだ。おいらだっていろいろ疑ってはいるが、半分くらいはもしかしたらと思う気持ちもあるくれえだ。だが、一日で往復したなんて言うのは、誰も信じねえ。明らかにごまかしが行われているのさ」

星川がそう言うと、皆も納得したようにうなずいた。

「でも、星川さん」

と、小鈴が言った。

「なんだい？」

「あたしは、天狗飛脚の人には悪いけど、あの俊吉さんのほうもなにか仕掛けを使っていると思う」

「ほう」

星川は小鈴を見た。小鈴の勘はあなどれない。

「船が速いって聞いたよ」

「船？」

「ほら、伏見の新酒を運ぶのを競うやつがあるでしょ」

「ああ」

「あれのいちばん速いのは、二日とちょっとで着いたって聞いたことがある。それを使うってのはどうかな？」

「行きも？」

「行きは無理だね。でも、帰りだけ使うのでも、かなり速くなるんじゃないかな？」

だが、星川は賛成しない。

「そりゃあ、難しいな。だいたい、船ってえのは、当てにならねえ乗り物なんだ。たまたま快晴で波が穏やかな日がつづけば、二日で着くなんて芸当もできるかもしれねえ。しかも、ちょうどそのときに船が出るなんて都合のいいことにはならねえよ」

「そうかあ」

小鈴はがっかりした。

「飛脚が馬を飛ばすなんてことも？」

と、日之助が訊いた。

「ありえねえよな」

「そうですよね」

大大名によほどのことがあれば、早馬を飛ばしたりするかもしれない。だが、町人にそんなことができるわけがない。

「とすると、やっぱりあの伝馬のやつですかね」

と、小鈴は言った。

「だが、俊吉の顔のことがあるんだぜ」

「星川さん。こういうのはどうですか？　俊吉さんは、いちばん最後を走るわけ。それで本店の旦那に挨拶し、そこからは必死で走るんです。帰りの道だけだったら、二日頑張ればいいわけでしょ。帰ってきて江戸店の主人に届ける。だから最初に書状をもらうところだけ、どうにかごまかせたら、それはできるんじゃないかな」

「なるほど。二日も大変そうだが、そこはいいとこ突いたかもしれねえよ」

星川がぽんと膝を叩いた。


大塩平八郎は、新川にある酒問屋に帰ってきた。

あるじにはかんたんに挨拶し、すぐに裏手にある使っていない離れに入った。

「どうでした？」

「隠れキリシタンは難しいかもしれぬな」

「そうですか」

「だが、最後にいい話を聞いた」

「というと？」

「わたしと同じようなことを、富士講の者から言われたというのさ」

「ああ、富士講については大塩さまも言っておられましたね」

「そう。しかも、それを言ってきた者もわかるらしい」

「わかるらしい？」

「ああ。その富士講を主宰する男は、気が変わって自分を訪ねてきたくなったら、絵師の葛飾北斎に訊くといい、そう言い残していったそうだ」

「葛飾北斎ってあの富嶽《ふがく》三十六景を描いた？」

「そうだろうな」

大塩と橋本喬二郎は顔を見合わせた。

意外な名前が出てきたものである。

「それと、戸田さんのほうはどうだった？」

「本所の住まいと、深川の店と、戸田の実家を訪ねましたが、義兄が訪れたようすはありません」

「そうか」

「幕府に捕まったという話ですが、やはり高野長英《たかのちょうえい》さんの推測あたりが発端ではないでしょうか。戸田吟斎が江戸にもどってきて、高野長英を訪ねないというのは、どうにも変でしょうから」

「もし、戸田さんが捕まったとしたら？」

と、大塩は訊いた。

「巴里物語が幕府の手に渡ったでしょうね」

「だが、渡す前に戸田さんは処分したかもしれないぞ。おこうさんが危険を感じ、手元の巴里物語をそなたに託したようにな」

「はい。もし、義兄がそれを処分したなら、巴里物語はわたしが所持している二冊だけになってしまいます。いまのうちに写本をつくっておきましょうか？」

「だが、それは戸田さんが望んでいないのだろう」

「ええ。しかし」

「もうすこし待ってみよう。万が一、幕府に捕まっていても、内情を探る手立てもある」

「そのようなことが？」

「心の友がお城の中枢にいる。かつて、大坂西町奉行を務めた矢部定謙《やべさだのり》どのだ」

「いまの勘定奉行ですね」

「あのような人が幕府の中枢にいるのだ。この国は変わることができる」

大塩は夢見るような口調で言った。

二

俊吉はもどると言ったが、まだもどらない。

星川は俊吉の話の裏を考えるのにも飽きたらしく、調理場の隅で瓦版なんぞを読んでいる。

小鈴はいちばん奥にいた三人連れの客に呼ばれて、例の心の奥を探る秘術をやっていた。

お九が退屈そうにしていたが、

「ねえ、名前なんて言うの？」

と、天狗飛脚の若者に声をかけた。

「速次《はやじ》って言います。もっともほんとは為次《ためじ》っていうんですが、皆、足が速そうな名前に変えられるんですよ」

「歳いくつ？」

「十八です」

「まだ若いんだね」

「ええ、まあ」

緊張している。

「怖がらないで。取って食べたりしないから」

お九は微笑んでみせた。二十六の、一度、出もどった女の微笑み。

「はい」

ますます怖がっている。

「あたし、お九っていうの」

「おきゅう？」

「背中にのせて火をつけるやつじゃないよ」

「ああ、はい」

　速次はようやく笑った。

「天狗飛脚は大変そうね？」

　と、お九はやさしく訊いた。

「大変？　そんなことないですよ」

「だって、頭からあんなにいろいろ言われたら、使われるほうは大変よ。休む暇もないんじゃないの？」

「でも、町を走ればけっこう注目してもらえるし、この前なんか若い娘からおにぎりの差し入れまでもらっちゃったんですよ」

「そうなの」

「それにお客さんの笑顔を見ると、疲れなんかは吹っ飛んじゃいますから」

「まあ。けなげねえ」

　お九は感心した。

「ところで、女将さんはなにやってんですか？」

　と、速次は奥にいる小鈴を指差した。

「ああ、あれね。心の奥がわかるの」

「心の奥？」

「そう。ほんとに深いところの心は自分ではわからないんだけど、小鈴ちゃんにあれをやってもらうと、その心の奥がわかっちゃうのよ」

「へえ」

「知りたい？」

「それはまあ」

「ねえ、小鈴ちゃん。この速次さんもそれやってもらいたいって」

「いいわよ」

小鈴は奥の三人連れになにか二言三言話すと、こっちにやって来た。

「難しいんですか？」

と、速次は訊いた。

「ぜんぜん難しいことなんかないよ。最初、なんでもいいから言葉を一つ決めるの。それはなんでもいいんだよ。それで、そこから思い出す言葉を言うの。次はその言葉からまた思い出す言葉を言うの。そうやってたどっていくわけね」

「はい」

「すると、かならず自分がいちばん言いたくない言葉や場面にたどり着く。それが、あなたの心の奥にひっかかっているものなんだな」

「へえ」

「その言いたくない言葉は、言わなくてもいいんだよ。ただ、自分はこのことがいちばんつらいんだってわかればいいわけ」

「それを言うと、解決してもらえるんですか？」

「解決するのは難しいと思う。でも、相談に乗ったり、愚痴を聞いてあげたりというのはできるかもしれないよ」

「へえ。では、お願いします」

「言葉を一つ選んで。なんでもいいよ」

「なんでもいいと言われると難しいですね」

「じゃあ、あたしが決めてあげる」

と、お九が横から言った。

「はい」

「天ぷらそばからいこうか」

「天ぷらそばですか」

「あたしがいま、食べたいから」

「わかりました。それからいきますよ……」

速次は考え出した。

小鈴がちらりと調理場のほうを見ると、星川が興味深げにこっちを見ている。

この前、星川から、「小鈴ちゃんのあの心の奥占いは面白えなあ」と言われた。

同心のころに教えてもらっていたら、いろいろ尋問にも使えたかもしれないと。

たしかに、うまくやれば、悪いことをした人の心の奥も探ることができるだろう。

だが、それにはもうすこし工夫が要りそうな気がする。

「屋台」

と、速次は言った。

「屋台ね。じゃあ、屋台というと、なにを思い浮かべる?」

「寒い夜だな」

「うん」

「寒い夜は……長い道だ」

「長い道か」

小鈴の脳裡にも、凍《い》てついた道が月明かりに遠くまで伸びている光景が浮かんだ。

飛脚には、そういう道を走りつづける夜もあるのだろう。

「わらじ……荷物……早起き……」

言葉が出なくなった。

「もう終わり？」

「眠い」

いかにも眠そうに言った。

「眠いのか」

「恩義」

「………」

もう出そうもない。

「まいったなあ」

「どうしたの？」

「いや、いいんです」

速次は、うつむいてしまった。

小鈴は、

――この若者は仕事がつらいんだ……。

と、思った。自分にもそういうときはあった。肌に合わない仕事。おかみさんとも気が合わなかった。とはいえ、働かなければ食べていけない。黙って手を見るしかなかった夜。

ふと、横を見ると、星川がじっと速次を見ていた。


源蔵はこの数日、できるだけ人けのない道を歩き回っていた。

正月の十日ごろから、麻布界隈にふざけた野郎が出没している。

小さな娘に悪いいたずらをする男がいるというのだ。

このため、番屋から町役人たちに回覧も回っている。夜遅くに、女の子を外に出さないようにしてくれと。

だが、外で遊ばせたりはしなくても、女の子にも用事があって、路地を横切ったりもする。洗濯物を取り込みもすれば、おすそわけの皿を返しに行ったりもする。

江戸の女の子は働き者なのだ。

その卑劣な野郎は、働いている小娘を狙ってきた。

さっと抱き上げ、触ったり、まさぐったり、のぞいたりして逃げる。

源蔵はそうした嗜好のあるやつも知っている。嗜好を同じくする連中の集まりもあった。

だいたい分別臭そうなつらをしたやつだった。家ではかみさんの言うことを素直に聞き、勤め先ではあるじの言いなりだった。親孝行でもあった。

それが欲望の矛先を、さからう力がない小さな女の子に向ける。

——反吐《へど》が出るぜ。

源蔵は子を持ったことはない。それでも、子どもに対する愛情はある。この厳しい世の中に生まれてきてしまった子どもたちは、なんとか無事に育って欲しい。それを助けてやるのは、たとえ自分の子でなくとも、大人の務めというものだろう。

源蔵は腹が減っていた。〈小鈴〉にもどって、好物になった小鈴どんぶりをかっこみたいところである。

だが、この野郎は早いとこ捕まえたかった。

なぜなら、この手の欲望はだんだんひどくなるのだ。

――それは、欲望というより、きっとやまいだからなんだ。

源蔵はそう思っている。人は病む。病みかたはいろいろだが、かならず病む。若いころから瓦版を書きつづけてきて、つくづく感じてきたことだった。治すには、あるいは進行を止めるには、まず自分のやまいを自覚しなければならない。自分の心はきれいだなんぞと思っているやつが、いちばん危ない。やまいの訳を見つめ、自分で治そうとしなければならない。

やまいはあるところを越えると、いっきに極端なところまで行く。殺しの領域まで突入する。女の子の命も危うくなる。

その前に捕まえなければならなかった。

三

天狗飛脚の俊吉は意外に早くもどってきた。

矢之助は夕方から小田原まで行ってしまったらしい。帰りは明日になるというので、談判は明日に持ち越しとなった。

「天狗飛脚の向こうを張って、仙人飛脚などと看板を掲げやがった。あの野郎、とんでもねえ野郎だぜ」

俊吉は吠《ほ》えるように言った。

「足の速いやつに悪いやつはいないんじゃなかったっけ？」

お九がからかうように言うと、凄い目で睨んだ。

「まあ、怖い」

「まったく恩知らずというのはあいつのことだな」

俊吉は機嫌が悪い。

速次を見て、

「おめえ、明日の仕事は？」

と、訊いた。

「神明の岡崎屋《おかざきや》さんの仕事が」

速次は緊張して答えた。

この返事に日之助は顔を上げた。芝神明の岡崎屋。この前、利休《りきゅう》の茶杓《ちゃしゃく》を盗んできたところだった。

日之助の実家の若松屋と同業で、しかもなにやら若松屋を陥れようという計画もあるらしい。

「遠くだっけ?」

俊吉が訊いた。

「いや、神明の岡崎屋さんから蔵前の岡崎屋さんまで茶器を運ぶんだそうです」

「ああ、その仕事か。速次。仕事の意味をよく考えろよ。あれだけの大店だ。自分のところの手代を使うのが普通だろ? なんで、わざわざうちを使う?」

「変ですね」

「変ですじゃねえだろ。それだけ急いでるんだ。なんでも、神明で茶会をやり、ほとんど同じころに蔵前でも茶会をやるんだそうだ。それで、めずらしい茶器を急いで芝から蔵前に届ける必要ができた。岡崎屋さんにも矢之助の野郎が食い込もうとしてるんだ。だから、この仕事は絶対に満足してもらわなくちゃならねえ。わかるな」

「はい」

「どれくらいで走る?」

「芝から蔵前ですね?　半刻は切ります」

両国広小路や日本橋あたりは人混みもある。誰が想像しても、かなり大変である。

「そんなんじゃ駄目だ。四半刻でお届けしろ」

「四半刻……」

「じゃあ、一足先に帰って、早く寝ろ。明日は寝不足で調子が悪かったなんて言わせねえぞ」

「はい」

速次は周りに軽く頭を下げ、店を出ていった。

客はだいぶ少なくなってきた。お九に俊吉、それと俊吉を連れてきた定八、あとは酔いつぶれてしまった坂下の留五郎がいるだけである。この刻限から入ってくる客はほとんどいない。

「まったく商売はてえへんだ」

そう言って、俊吉は茶碗酒をいっきにあおった。

「なにが仙人飛脚だ」

俊吉は顔をしかめる。

「一日で京に行って帰ってくるなんざ、いんちきに決まってるじゃねえか」

と、星川が言った。

「ですよね。元八丁堀の旦那はすべてお見通しだ」

俊吉は嬉しそうに笑った。

「いや、まだ、お見通しでもねえんだがな。だが、おめえのよりも仕掛けはかんたんな気がするぜ」

「そうですか？」

「矢之助ってのが行って帰ってきたのか？」

「ええ。ぜんぶ、あっしと同じような状況にしてあるんですよ」

「同じ？」

「つまり、届けた京の人も矢之助の顔をよく知っているんです。てえことは、何人かでつないだわけではねえってことです。もっとも、つないだって一日で行って帰ってはできっこありませんがね」

「そんなふうに同じにできたのは、おめえの仕掛けをよく知ってたってことだよな」

「…………」

「それほどよく知ってたということは、矢之助はあんたの快挙を手伝ったりしたんじゃねえのか？」

「は？」

と、俊吉はすっとぼけた。

「あんまり矢之助を責めると、あのときのことをばらされる恐れもあるんだろ？」

「ううう」

「ま、それはいいや。先に仙人のほうを検討しようじゃねえか」

「ええ」

「届けたのはやはり書状かい？」

「そうです。京のお得意さまに当てた相場がらみの話だったそうです。ちゃんと日付入りの返事をもらってきたそうです」

「相場がらみのな。どこの店だ？」

「さっきも言いましたでしょ。両替商をしている岡崎屋ってところでさあ」

俊吉がそう言うと、日之助はかすかに眉をひそめた。

「ほう。岡崎屋はおめえんとこを使ったり、矢之助を使ったり、天秤《てんびん》にかけてるのかね」

「なにせ細かい金にもうるさいところですからね。ちっとでも得なほうを使おうってんでしょう」

「だが、そりゃあ、岡崎屋もつるんでるぜ」

「そうですか」

「そうに決まってるだろうが。なあ?」

と、星川は小鈴と日之助を見た。

「そう思います」

小鈴がきっぱりと答え、日之助は無言でうなずいた。

「でも、書状はどうなります? 日付入りの返事をもらってきてるんですぜ」

「そんなもの、どうにでもならあな。京のお得意先となあなあなら、なにも苦労は要らねえ。適当に日付を合わせるだけ。向こうが知らなければ、こっちで日付を書き換えたりすればいいだけだ」

「くそ」

と、俊吉は顔をしかめた。

「じゃあ、三日で往復した話だがさ、そんな難しい話じゃねえ。ほとんど、小鈴ちゃんが解いてしまったよ」

「あたしが？」

と、小鈴は自分を指差した。

「そうだよ。京のほうは矢之助と違ってだませねえ。だから、江戸のほうを細工しなくちゃならねえ。おめえ、かわいい女房は元気か？」

星川は俊吉の顔をのぞきこむようにした。

「あ、ええ」

「まだ、店のほうも手伝ってるのかい？」

「いや、子どもができてからは、店のほうはあんまり」

「そうか。そういえば、見かけたことがあったなあと思ってな」

「なにを？」

「女房が店で荷物を受け取っていたよな。それで、奥のおめえに声をかけてたよ。お前さん、荷物が来たよ、出発しておくれって。かわいい声だったっけ」

「…………」

「顔を見なくてもいいんだよな。つまり、出発したのはおめえじゃなくてかまわねえんだ。だが、渡したほうは、てっきりおめえが受け取ったのだと勘違いしてしまう」

「…………」

「そこからは何人かの飛脚がこれを手渡してつないでいく。そうすりゃ、かなりの速さで伝わっていくよ。それでおめえは京都の本店の近くで、それを受け取り、本店のあるじの返事を持って駆け出すのさ」

「…………」

「このときはおめえも必死になって駆けただろう。小鈴ちゃんは二日は必死で走ったと想像したが、おいらは帰りも来るときと同じように、何人かの飛脚でつないだのだと思うぜ」

「それは、あいにくだった。旦那、最後にあっしは顔を出してるんですぜ」

「それなんだよ、いちばん肝心なところは。それはたぶん、じっさいには着いた時刻よりはだいぶ経ってから顔を出したんじゃねえか？」

「どういうことでしょう？」

「そこでも、女房が活躍したんじゃねえのかな。最後の飛脚から荷物を受け取る。女房は残りの一町（およそ百九メートル）だか半町だかを駆けて、こんなことを言う。うちの人はもどるとすぐ、倒れるように眠り込んでしまいましたと。まさか、鬼でもなければ、てめえの足で最後まで持ってこいとは言わねえよな」

「………」

「それから四刻（およそ八時間）ほどして、挨拶に行けばいいんだよ。すみません、家の前まで来たら急に眠くなってしまいましてってな。だが、ほんとはそのとき、おめえは京から到着したばかりだったのさ」

星川がそこまで言うと、

「そうかあ」

と、小鈴が大きくうなずいた。

「もちろん、これはおいらの想像だ。だが、明日あたり七条屋に行って、たしかめて来てもいいんだぜ。あそこのあるじはよく知ってるんでな。たぶん、四刻寝ても疲れはまるで取れていないほど憔悴《しょうすい》してたって証言してくれるんじゃねえかな。どうでえ、俊吉？」

「まいったな……」

俊吉はつぶやいた。

「そのときつないだ飛脚の中に矢之助もいたんだろ？　だから、おめえもあんまり強くは出られねえ。あのときのことをばらされたくねえもんな」

「ええ、まあ」

と、俊吉はうなずいた。

「やっと認めたかい？」

「お縄になるようなことですか？」

「詐欺といえば詐欺だから、番屋に報せるくらいはできるわな。だが、そんなことはするつもりはねえよ」

星川がそう言うと、俊吉はホッとした顔をして、深く頭を下げた。

「よう、俊吉。今日はいろいろおめえから商売の極意やら信念やらをうかがった」

「お恥ずかしい次第で」

俊吉は肩をすくめた。

「まあ、おめえの言ってることはたしかに正論なんだ。でもなあ……」

と、星川は斜めの笑みを浮かべた。

「正論はいけないいんですか？」

「いや、かまわねえよ。ただ、それをじっさいに動かすときになると、兼ね合いってえのが必要になるんだよな」

「あっしはそれが嫌いなんです。その兼ね合いなどというはっきりしねえやつは。なんでも白黒はっきりわけて生きていきたい性質なんでね」

「ま、そういう気持ちもあるわな。とくに、上に立つほうは、そうやったほうが楽だもの。だが、おいらは仕事がらその白と黒ってのを見てきたんだがな、これがはっきりしてねえんだよ、世の中ってえのは」

「そうなんですか」

「まるではっきりしてねえよ。立場が変われば、正しくもなれば、間違いにもなる。白にもなれば黒にもなる。しかも、それは溶け合って、灰色にもなる。無理やりはっきりさせようとすれば、泣くやつが出てくる。おめえんところの若いやつらだって、おめえから正論をがんがん聞かされ、たしかにそうだと思い込みもするだろう。でも、やらされるほうになるときついぜ。息抜きってえのも必要だぜ」

星川がそう言うと、小鈴も大きくうなずいた。さっきの速次のことを言ったのだと思った。

「やっぱりそうですか。じつは、このところうちを辞めて、矢之助のところに行くやつが何人か出てきていて頭を抱えていたんですが、そういうことだったんですね」

俊吉はそう言って、ため息をついた。

「ちっ」

と、源蔵は舌打ちした。

いちばん嫌な事態になってきた。

怪しい男がいた。すれ違った女の子を見た目つきに情欲《じょうよく》があった。男はあとをつけようとしたが、女の子はすぐに通り沿いにあった小さな店に飛び込んだため、踵を返した。

男は力のない足取りで歩いていた。

町人ではなかった。武士だった。

浪人でもなかった。身なりがきちんとしている。明らかにどこかに出仕している武士だった。

浪人なら、町方の取り締まりの範疇《はんちゅう》である。たとえ武士であっても、現行犯であればとりあえず捕縛はできる。ただし、あとの処理やら手つづきやらは面倒なことになる。

いちばん面倒なのは他藩の武士だったときである。

皆が持て余し、捕縛した者にまで、余計なことをしてくれたという雰囲気になるらしい。星川も一度、そんな体験をしたと聞いていた。

――どうしてくれよう。

源蔵は迷いながら男をつけた。

現場に出食わしたら、とりあえずぐうの音も出ないくらい十手でぶちのめしてやるつもりである。右手を砕いてやれば、しばらく悪さもできなくなるだろう。それで懲りてくれたらめっけものである。

新堀川に沿って、男は上流のほうへ向かった。しばらく大名屋敷の塀がつづくが、二ノ橋の界隈には町人地がある。

源蔵も男も提灯を持っていない。だが、月明かりと町の灯で足元はぼんやり見えていた。

ふと、男は振り向いた。

源蔵は足取りをゆるめた。あまり接近はできない。

二ノ橋を渡ったとき、急に男の足が速くなった。姿が消えた。

——野郎。

獲物を見つけたのだ。

源蔵は十手を握り締めて走った。

「きゃ」

小さな悲鳴も聞こえた気がした。

橋を渡る。だが、前の道に男はいない。

——しまった。

まっすぐ走ろうとしたとき、後ろで声がした。行きすぎてしまったらしい。慌てて引き返した。

「てめえ。なに、情けねえことしてやがんだよ」

野太い声がしていた。あの男の声とは思えない。

源蔵は小さな細道をのぞいた。そこであとあとまで思い出すことになる光景を見た。

「こんな小娘を撫でて、なにが面白えんだよ」

がっちりした身体つきの武士が、さっきの武士の胸元をつかんでいた。

もう一人、武士がいて、そちらは女の子の手を引き、ここから逃げろというように源蔵のいるほうへやって来た。

「さあ、お帰りよ」

「うん」

女の子は源蔵のわきを駆けていった。

まだ若そうな武士は女の子を見送ると、源蔵を一瞥《いちべつ》し、揉《も》めているほうにもどった。提灯を持っていて、揉めている男たちの姿もよく見えた。

「拙者はなにも」

胸元をつかまれた男が苦しそうに言った。

「とぼけるんじゃねえよ。あんな小娘を手籠《てご》めにしようとしてただろうが」

そう言うと、がっちりした身体つきの武士は、いきなりさっきの男の顔面にこぶしを叩き込んだ。

「むふっ」

衝撃で後ろにのけぞった。

がっちりした武士は逃がさない。すぐに腹に一発、首筋に一発、こぶしを叩き入れると、男の足は完全に止まった。

男は揺らめきながら刀に手をかけた。

「抜くなよ、この野郎。抜けば、こっちもおめえを殺さなきゃならなくなる。殺しちまうと、あとが面倒なんだ」

「おのれ」

男は腕に力を入れた。

「抜くなって言ってんだろうが」

蹴りが入った。男は息が詰まったらしく、刀を抜くこともできず、身体を折り曲げた。その顔に鉄拳《てっけん》を叩きつける。一発、二発、三発。

——そこまでやるかい。

源蔵は呆れた。源蔵でさえ、捕まえてもあそこまではやらなかっただろう。明らかに殴ることを楽しんでいる。

男の顔面は血にまみれた。膝から落ちた。咳《せ》き込むように、口の中のものを吐いた。歯も折れたのだろう、血といっしょに白いかけらを吐き出した。

「てめえ、幕臣か。それともどこかの藩士か。文句があるなら、言ってこいや。おれは勘定奉行の遠山金四郎景元《とおやまきんしろうかげもと》ってんだ」

男は返事をしない。四つん這いになって、苦しげな息を吐くだけである。

「言ってこられるわけねえよな。てめえの行状が明らかになっちまう。名乗れと言っても、どうせ嘘の名しか言わねえだろうから、こいつをもらっとくぜ」

遠山と名乗った男は、男の小刀を取り上げ、後ろの若い侍に手渡した。

「ここらでまた似たようなことがあったら、下手人は武士だと告げて、この刀を目付に渡すぜ。しかも、正月の十八日に顔中、血だらけになってもどった男だとな」

頭の回転は速い。ここまで言われたら、男はもうなにもできないだろう。

遠山金四郎は、最後にもう一度、男の腹を蹴り上げた。

ほとんど拷問だろう。源蔵の背筋が冷たくなるくらいの暴力だった。

遠山たちは歩き出した。

「御前、手に怪我《けが》は？」

「ああ、大丈夫だよ。それより呆れたかい？」

「いえ、驚きましたが」

「お城で偉そうなことを言っている自分がたまらなく嫌になるときがあるんだよ。これはほんとのおれじゃねえって。身体の中にさ、血がたぎってくるような思いがしてくるんだ。なんだろうな、この気持ちってのは？」

「御前は戦国の世にお生まれになるとよかったのでしょうか」

「そうかもしれねえ。喧嘩がしてえなあ。正直、まつりごとなんざどうでもいいんだ。どっちに転んだってたいして変わりはねえんだ。半分は得して、半分は損するだけだ。別のまつりごとをやれば、それが入れ替わるだけ。皆が皆、幸せになんてこたぁ、できるわけねえんだよ」

「そういうものでしょうか」

二人は話をしながら、源蔵のわきを通り過ぎて行く。源蔵は唖然として見送るしかない。

話はまだ聞こえている。

「勘定奉行はつまらねえな。やるなら町奉行だ。悪党相手は面白そうだぜ」

「やはり、そちらをお望みでしたか」

「ただ、これがあるからな。おれには」

と、遠山金四郎は袖をまくった。桜吹雪の彫り物が、月明かりに輝いた。

「町奉行が彫り物入れてちゃ、大笑いだろうよ」

四

翌日——。
日之助は蔵前にいた。

このあたりはあまりうろつきたくない。なにせ、札差若松屋の、勘当された馬鹿息子なのである。

だが、来なければ、自分の目でたしかめようがない。それを我慢するのは難しかった。

恥ずかしかったが武士の恰好をし、編み笠をかぶって出てくると、岡崎屋の店先がよく見える水茶屋の縁台に腰をかけた。

昨夜、日之助は芝神明の岡崎屋に忍び込んだ。

二度目の侵入で、部屋のつくりなどは勝手がわかっていた。あるじは、今日のことを昨夜のうちに準備していた。天狗飛脚に運ばせる茶器である。

小さな桐の箱にたっぷりの綿を入れ、真ん中に茶碗を置いた。黒い、どっしりした茶碗である。ただし、この茶碗は真っ二つに割れていた。

案の定だった。

星川が、仙人飛脚の一日で江戸と京を往復という謎は解いたが、日之助にはまだ気がかりがあった。

岡崎屋のことである。

天狗飛脚に、芝神明から蔵前まで高価な茶器を運ばせるという。

これにあらかじめ細工をし、壊れたなどと騒げば、天狗飛脚の信用は失墜する。替わって、仙人飛脚の矢之助がいっきにその地位を奪い取ることができるだろう。

つまり、岡崎屋と矢之助は結託しているのだ。

あの素直そうな速次という若者が、岡崎屋に叱《しか》られ、ひどくうろたえることになるだろう。自分の責任とされたときには、どれだけ悩むことか。そのことに対する同情もあった。

日之助は天井裏からその光景をたしかめ、岡崎屋の金《きん》右《え》衛門《もん》の細工に、さらに細工をほどこしたのだった。

水茶屋の縁台で待っていると、凄い速さで飛脚が駆け込んできた。速次である。四半刻というのは無理だったと思う。だが、直接見られたあいだでも、その速さは呆れるくらいだった。

「お待たせしましたっ！」

倒れ込むように店先に入った。

「おう、待っていたぞ」

あるじの長右衛門《ちょうえもん》が嬉しそうに荷物を受け取った。

「どれどれ」

などと言うのも聞こえた。

――たいした猿芝居だぜ。

日之助は編み笠の下で笑った。このあと、箱を開け、「なんだ、これは。割れているではないか。どうしてくれるのだ」と、喚《わめ》き出すという筋書きだったのだろう。

だが、箱を開けた長右衛門は、一瞬、ぽかりと口を開けた。それから、不思議そうに速次の顔を見た。

「間違いありませんか？」

と訊いた速次の顔は屈託がない。それはそうだろう。事情はまったく知らない。じつは、走る速次を途中で止め、事情を説明して、箱を替えさせるという案も考えた。だが、それだと速次に芝居をさせなければならない。あの速次が、なにも知らないふりなどできるわけがなかった。

「あ、ああ」

長右衛門はうなずき、

「ご苦労だったな」

と、速次に帰っていいというようにうなずいた。

箱に入っていたのは、利休の茶杓である。この前、日之助が盗んだもので、家に放っておいたのを持ち出してきたのだった。まさか、こんなふうに使えるとは予想していなかった。

速次が駆け足でもどっていくのを見送ると、長右衛門は箱を抱えたまま、同じ方向に歩き出した。

これから芝の弟の金右衛門のところに行き、「どういうことだ」と問い質《ただ》すのだろう。だが、金右衛門だってなにがどうなったか、わかるわけがない。

悪党の兄弟が首をかしげるさまなんて、なかなか見られるものではないが、そこまでたしかめるのは無理というものである。

とりあえず、速次の窮地は救ってあげた。俊吉の危げなところは、昨夜、星川がたしなめた。このあと、天狗飛脚と仙人飛脚の争いがどうなるかはわからないし、星川も日之助もそこまで首を突っ込むつもりはない。おそらく、互いに正々堂々と競い合うというところで収まるのではないか。そうでなければ、共倒れになるまで争うことになり、俊吉はそこまで馬鹿ではなさそうだった。

鳥居耀蔵は、下谷にある屋敷の門のところで、若い武士と話をしていた。

「そういうわけでな、そなたにわたしの手伝いをしてもらいたいのさ」

「はい。事情はわかりました」

まだ二十をいくつか過ぎたくらいだろう。なかなかの美男だが、頬に幼さが残っている。

体格はいい。鳥居は長身のうえにでっぷり肥っているが、若い武士は背が同じくらいで筋肉が引き締まっている。

「わたしも、信頼できる者が少なくてな。だが、甥《おい》のそなたであれば腹蔵なく、いろんなことを説明できる。姉上もそなたのことは気にかけておられる。剣の腕ばかり上がって、心は未熟だから心配だと申しておったぞ」

「母上は心配のしすぎなのです」

「いや、親というのはそういうものだ。神田の千葉《ちば》道場で筆頭の剣士というではないか。勿体ない。信三郎《しんさぶろう》。わたしのところでその力を使え」

「ただ、叔父貴……」

「なんだ?」

「叔父貴の家の家来としてですか?」

「うむ。そのことか?」

「そこらははっきりさせてもらわないと」

「言いたいことはわかる。陪臣では嫌だというのだな」

「ええ」

しっかりしているのだ。むろん、まだまだ世間知らずだから、自分の気持ちを押し通すときの加減までは学んでいない。

「いまは仕方がない。八幡《やはた》の家にいろ。だが、そなたには一家を立てさせる。わたしが町奉行あたりになれば、そなたは同心の家あたりに押し込んでやる」

「町方の同心ですか。まあ、身分は低いが、実入りはいいと聞きますからな。いいでしょう。お役に立ちましょう」

と、鳥居の甥である八幡信三郎は笑った。笑顔は歳よりもあどけないくらいである。

「こっちも二人がすでにやられている。このまま、引き下がるわけにはいかぬ」

「でも、誰にやられたのかはわからないのでしょう？」

「ああ。近いうち、そなたもあの店に連れていく。そなたの目で見てくれ。もうい歳の元同心に、それほどの腕があるとは思えぬのだ」

「わかりました。それより、叔父貴。あの牢の中の男は吐くのでしょうか？　ずいぶん胆の据わった男に見えますが」

戸田吟斎のことである。

八幡信三郎は、さっきまで鳥居と戸田の話を聞いていたのだった。

「吐かせてみせるさ」

「叔父貴は意外に気が長いのですね。わたしならさっさと評定所へ突き出すか、斬ってしまうかしています」

「たぶん、わたしは勝ちたいのだろうな、あの男に」

と、鳥居は言った。

「勝ちたい？　もう、勝っているではありませんか？」

「いや。そういうことではなく……」

鳥居は言葉を濁した。

「では、わたしはお暇《いとま》いたします。明日からは毎朝、こちらに来るようにします」

「頼んだぞ」

鳥居は門のところで甥っ子が帰るのを見送った。

鳥居家は二千五百石の旗本である。相応の門構えで、扉が重々しく閉ざされた。

それから、鳥居耀蔵はもう一度、屋敷の北側にある座敷牢に引き返した。

「また、来たのですか」

戸田吟斎はうんざりした顔をした。

「ああ。だが、今日はもう論争はやらぬ」

「では、わたしは疲れたので、ちと寝かせてもらいます」

戸田吟斎は鳥居に背を向け、横になった。

その背中に、鳥居は言った。

「おこうさんは、いい女だったよな」

「え？」

吟斎はぎょっとした顔でこちらを見た。

鳥居耀蔵はいつだってあの夜のことを思い出すことができる。思い出すたび、胸が苦しくなる。二年前。初夏の深川。細部に至るまで、おこうの姿かたち、一挙手一投足が脳裡に刻まれている。

浴衣は白地、うさぎと亀の模様。帯は柿色だった。髪に柘植《つげ》の櫛《くし》。飲み屋の女に多い鼈甲《べっこう》の櫛をおこうは使ったことはなかった。かんざしと笄《こうがい》。どちらもかんたんな意匠だった。だが、色がよかった。鮮やかな紅が、さりげなく使われていた。おこうは色というものにひどく鋭敏であるらしかった。

見た目だけではない。やりとりも忘れない。もちろん、自分がおこうに言った言葉の一つ一つまで。

あの言葉のどれにも嘘はなかった。自分は誠心誠意で、おこうという女を口説いたのだった。

客は一人ずつ帰って、林洋三郎が最後の客になっていた。だが、深酔いはしていなかった。酔いに思いを溶かしたくなかった。

「おこうさんに話がある」

林がそう言うと、おこうは表情を硬くした。雰囲気で、林の言わんとすることはわかっていたのだろう。

「もう、ここは閉めます」

「そうか。だが、話したいのだ」

しばらく間があった。

「外でうかがいます。その川の前で」

「二人きりは怖いか？　わたしは嫌がる女を無理にどうにかするような卑怯《ひきょう》なことは、絶対にしないつもりだが」

「そう思います。でも、息が詰まるような気がしてきます」

「わかった。では、外に出よう」

林洋三郎はそう言って、先に出た。

店の前は河岸になっている。流れているのは大横川である。

夜遅くになっているが、荷船がたまに通るし、夜釣りに向かうらしい小舟も出る。

おこうは出てくると、ほんのすこし歩いた。菊川橋がすぐである。

その橋の上に立ち止まり、振り向いて、

「うかがいます」

と、言った。真摯な表情だった。笑った顔、微笑んだ顔、いろんな表情があるが、おこうがいちばん美しいのは、この真摯な表情だと、林洋三郎は思った。

「うむ」

林はうなずき、欄干に手をかけ、下の流れを見た。水面に月が映っていた。星は小さくて、さざ波にかき消されてしまう。

夜風が吹いていた。

「女を好きになったのは初めてだとは言わない。だが、好きになる度合いはどんどん深まってきたような気がする。いまは、女をこれほど好きになったのは、初めてのような気がする。もちろん、おこうさん、あんたをだ」

胸が苦しくなった。

おこうも、欄干に手をかけ、林とは二尺ほど離れて、同じ恰好で流れを見つめている。

「好きだ。恋しいのだ」

林は答えを待った。

嬉しいというのが最良。だが、心のどこかでは「困ります」という返事を予想していた。

だが、おこうの返事は予期せぬものだった。

「林さま。愛と、自由と、平等、って信じていますか？　もちろん、言葉の意味は、林さまならおわかりですよね」

「もちろんだ。どれもあまり聞き慣れないが、昔からある言葉だ。それらを、信じているかと？」

「ええ。それを大事なものだと思っていますか？」

「絵空事としてでなく？」

「もちろんです」

「…………」

林は答えない。言えば、罵倒《ばとう》することになる。

「たぶん、林さまは、大事なものと思ってはいないと思います。それは言葉の端々にわかります」

「…………」

「それで、それらの言葉についてなにか知りたいこと、探りたいことがあって、林さまはこの店に来られるようになった」

「…………」

おこうの推量は当たっていた。

この店は、戸田吟斎の内儀がやっている店というだけでなく、なにかある、そう思って接触した。

それが、おこうとの出会いでもあった。

「思いを告げた言葉が正直なら、ここに来た訳も正直におっしゃってください。林さま。なぜ、わたしの店に来るようになったのですか？」

おこうは林の目を見て言った。

「一人の男を追った。戸田吟斎とも付き合いのあった蘭学者。追いつめた。だが、足取りが消えた。この店から消えた」

「…………」

おこうは答えずに川の流れを見た。

「もう一人いた。その男も深川で消えた。わたしはそれらの報告を受け、自分の目でたしかめようと思った。かくまって、逃がしてやるような者がいるのではないか。いったい、誰がそのようなふざけた真似を……」

「それが、わたしだと？」

おこうは微笑んだ気がした。

だが、それは気のせいだったかもしれない。

それから蛾《が》を追うような手つきもした。

それも気のせいだったかもしれない。

「おこうさん。わたしは、あなたの心の深いところまで行きたい。節度のある愛想笑いや、ちょっとした思いやりや、そういったところを突き抜けて、心のずっと深くまで行きたい。たどり着きたい」

絞り出すように言った。

それでももどかしい。言葉はいつも、思いを伝える道具として物足りない。言葉はすべて切ない。言えば言うほど、切ない。

――どうして、おこうを好きになってしまったのだろう。

林はいつの間にか育っていた自分の気持ちに気がついたとき、驚いたものだった。

自分はこの女の素性を探りに来たのではなかったか。どうしてこの世には、思いがけない落とし穴があるのか。

長い沈黙があった。

そして、おこうが言った。

「そこまで思わせてしまったわたしがいけませんでした。ここはもう引き払います。ほかの土地に行きます。それが答えです」

「行かないでくれ」

行かれたら、苦しくて、死んでしまいたくなる夜がやって来る。

「わたしは探し当てる。わたしはあきらめない」

手を取った。

引き寄せた。

おこうは声をあげない。嫌がらないのか。

身体を抱きしめる。肥えた醜い身体と、おこうの柔らかい身体とを密着させる。

二人の隙間を埋めようとする。自分は醜い。自分は痩せなければならない。

「そうすれば、心の深いところへ入ってこられますか?」

おこうが低い、かすれた声で訊いた。

「え？」

「欲しいものは、なんですか？」

肉慾《にくよく》だけかと訊いているのか。

そうではない。だからその先にあるいちばん深いところと言ったではないか。

「わたしの気持ちを疑うのか？」

「わかりません。でも、わたしの心の奥まで、林さまの気持ちは届いてきていません」

「言葉のことなのか？　愛と自由と平等なのか？」

驚いて訊いた。

女は違うだろう。女の心は言葉の裏にあるだろう。がむしゃらにひたすらに突き進むものに、女はかならず門を開くだろう。そうではないのか。好みだとか、気分だとか、薄っぺらなそれは、じつは命がけの思いすら阻む鉄板なのか。そこらでちゃらちゃらしている女ならともかく、おこうですらそうなのか。

「鳥居さま。愛と自由と平等は、ただの言葉じゃないんですよ。それは、わたしの生き方なんです」

おこうがすり抜けた。

思わぬ力で、しなやかな猫のように逃げた。たちまちおこうの背が遠ざかった。追えなかった。橋の上に一人残された。

林は欄干に手をかけ、暗い水面を見た。白い月が映っていた。

涙が落ちた。

みっともないとは思わなかった。やましい気持ちはひとかけらもなかった。

水面に落ちた音も聞こえた。

涙は小さな輪を広げていった。

（5巻へつづく）

この作品は書き下ろしです。

幻冬舎時代小説文庫

●好評既刊

女だてら　麻布わけあり酒場

風野真知雄

居酒屋の失火で人気者の女将おこうが落命した。彼女に惚れていた元同心の星川、瓦版屋の源蔵、元若旦那・日之助の三人が店を継ぐが、おこうの死には不審な影が。惚れた女の敵は討てるのか!?

●好評既刊

未練坂の雪
女だてら　麻布わけあり酒場2

風野真知雄

星川・源蔵・日之助の居酒屋は縁あって亡き女将の娘・小鈴が手伝うことに。小鈴は母親譲りの勘のよさで、常連客がこぼす愚痴から悪事の端緒を見つけ出し……。大好評シリーズ第二弾！

●好評既刊

夢泥棒
女だてら　麻布わけあり酒場3

風野真知雄

酒に溺れた星川だったが、小鈴に叱られてからは惚れた女の仇を討つために鍛錬を続け、ついに対決の時が訪れる……。おこうの死の謎と彼女の大きな秘密が明かされる大人気シリーズ第三弾！

●好評既刊

爺《じじ》いとひよこの捕物帳
七十七の傷

風野真知雄

水の上を歩いて逃げたという下手人を追っていた喬太は、体中に傷痕をもつ不思議な老人と出会う。彼が語った「水蜘蛛」なる忍者の道具。その時、喬太の脳裏に浮かんだ事件の真相とは――。

●好評既刊

爺《じじ》いとひよこの捕物帳
弾丸の眼

風野真知雄

岡っ引きの下働き・喬太は、不思議な老人・和五助と共に、消えた大店の若旦那と嫁の行方を追う。事件には、かつて大店で働いていた二人の娘の悲劇が隠されていた――。傑作捕物帳第二弾。

涙橋《なみだばし》の夜《よる》

女《おんな》だてら　麻布《あざぶ》わけあり酒場《さかば》4

風野真知雄《かぜのまちお》

平成23年11月10日　初版発行

発行人――石原正康
編集人――永島賞二
発行所――株式会社幻冬舎
〒151-0051東京都渋谷区千駄ヶ谷4-9-7
電話　03(5411)6222(営業)
　　　03(5411)6211(編集)
振替00120-8-767643
印刷・製本―図書印刷株式会社
装丁者――高橋雅之

幻冬舎時代小説文庫

ISBN978-4-344-41768-7　C0193　か-25-7